Wilhelm Thöring

Ansichtskarten

Erzählungen

 Machtwortverlag

Bibliografische Information der Deutschen Nationalbibliothek
Die Deutsche Nationalbibliothek verzeichnet diese Publikation in der Deutschen Nationalbibliografie; detaillierte bibliografische Daten sind im Internet über http://dnb.d-nb.de abrufbar

Machtwortverlag * Orangeriestr. 31 * 06847 Dessau
Tel.: 0340-511558

Satz, Cover und Layout: Grafikstudio Lückemeyer, Dessau
Coverbild: Miriam Kaniß

© Machtwortverlag

1. Auflage 2011

Alle Rechte vorbehalten

ISBN 978-3-86761-101-5

Inhalt

Die Karawane (München) 4
Das Mädchen mit der Perle (Münster) 8
In der Wallfahrtskirche (Im Allgäu)............... 14
Ansichtskarten (Rheinsberg) 21
Späte Rückkehr (Dresden) 25
Frauengespräch (Im Münsterland) 34
Wundersame Klärung (Im Lahntal).................43
Rückblenden (Soest) 50
Die Zugvögel (Stralsund) 56
Der Gunstbeweis (Mühlhausen).......................67
Auslese (Volkach) 76
Bestürzende Entdeckung (Trier) 87
Das Wiedersehen (Rixdorf).............................103
Begegnung mit Suleika (Kirchberg) 115
Der Außenseiter (Bei Wilsede) 122
Vergessener Kartengruß (Ulm)........................131
Umwölkte Urlaubsreise (Im Harz) 140
Unter dem großen Gott (Altenstadt)...............150
Und die Ranke häkelt am Strauche (Senden) ...158
Großvaters Haustier (Bei Gumbinnen) 165

Die Karawane
München

Die Hauswände vor mir flimmern. Die Neuhauser Straße flimmert, so weit ich sehen kann – die Sonne hält die Stadt umklammert, die Hitze lässt ihr die Luft ausgehen. Die Kuppeln der Frauenkirche lösen sich auf, sind unwirklich geworden. Wie Täuschungen hängen sie unter dem blassblauen Himmel, eine die Augen schmerzende Halluzination. Hier bewegt sich alles langsam. Auf den Schattenseiten stoßen und rempeln sich die Menschen, einfache und elegante Menschen, hastige und müde schleichende Menschen und solche, die am Ende zu sein scheinen. Ihre Gesichter lassen erkennen, dass sie nicht hier sind, ihre Gedanken gehen nach vorne, da wo sie hinstreben und es erträglicher zu sein scheint, oder sie hängen dem nach, wo sie herkommen.

Auch die, die einen Platz im Schatten eines Straßencafés ergattert haben, unter einer Markise oder unter einem der kolossalen Sonnenschirme, wirken teilnahmslos, ausgelaugt und puppenhaft, und ihr Blick geht ins Leere. Lebhafter wirken jene, die sich über eine Mahlzeit hermachen. Ihr Kopf hängt über dem Teller, aber der Blick geht in die Runde, versucht von dem lahmen Treiben einiges zu erhaschen.

In bodenlange Schürzen gewickelt, gelangweilt und müde, lehnen die Kellner an den Türrahmen und tun so, als hätten sie alles im Blick. Manchmal stößt sich einer von der Hauswand oder dem Türpfosten ab, schleicht zwischen den Tischreihen entlang, um leere Gläser oder Teller einzusammeln, oder er beugt sich zu einem Gast und rechnet ab. Mechanisch scheucht er mit einem Tuch die Fliegen von den Resten, ein sinnloses Unterfangen.

Ein Kind beginnt zu singen, eine nicht zu benennende Melodie, und für den Text muss eine Reihe von „Ta, ta, ta…" herhalten: Scharfe, knallende Ts und leicht ins O übergehende As. Dann, nach kurzem Nachdenken, singt es mit lauter und alle anderen Geräusche übertönender Stimme: „… macht mir auf, ihr Kinder, ist so kalt der Winter…"

Ringsum bricht Gelächter los, und schlagartig verstummt der Gesang. Sogar der Kellner zwingt seinen Mund zu einem etwas schiefen, herablassenden Grienen.

Unterdessen zieht eine Karawane von Mohammedanern vorüber und lässt den Kindergesang vergessen. Vorneweg stolziert ein dickleibiger älterer Mann im weißen bodenlangen Burnus, auf dem Kopf einen schwarzen Fez, der alles Fleisch seines griesgrämigen Gesichts zusammenzuhalten scheint. Rhythmisch mit einem Silberstock auf das Pflaster stoßend, gibt er gleichsam den Nachfolgenden Marschtakt: Die ihm auf den Fersen folgen, das ist ein Geschwader von schwarz und weiß gekleideten Frauen, neben denen Jungen laufen, jeder in einem weißen, sich bauschenden Gewand, ihre Gesichter wie Milchkaffee, mit schwarzen, aufmerksamen Augen. Voller Interesse betrachten sie das lahme Leben links und rechts, und manchmal meint man Hochnäsiges und Geringschätziges auf ihren Gesichtern zu sehen. Vor allem der Mann an der Spitze erweckt den Eindruck, als wären die anderen auf der Straße die Besonderheit und nicht er mit seinem Gefolge. Die schwarzgewandeten Frauen tragen Schleier und alle, bis auf den voranschreitenden Pascha, der schwarze Lackschuhe trägt, schlappen und schlurfen in Sandalen. Sie marschieren mitten auf der Straße, da, wo die Hitze am größten ist. Manchmal neigt sich eine der Verschleierten zu einer anderen hin, um sie auf etwas aufmerksam zu machen. Dann bewegt sich ganz leise der Schleier um den Mund, oder er bläht sich, als wollte er wegfliegen.

Die Menschen im Schatten sehen auf, nicht alle, wundern sich und werfen vielleicht eine Bemerkung zum Nachbarn über den Tisch, oder sie schütteln den Kopf, weil dieser Aufzug für sie doch zu befremdlich ist.

Einer ältlichen hageren Frau, mit zerfurchtem und sonnenverbranntem Gesicht, ein Mensch aus dem Gebirge, die sich gerade eine gehäufte Gabel Sauerkraut und Püree in den Mund stopft, verschlägt der Vorbeimarsch der Karawane die Sprache.

„Jesses, Maria und Josef! Ha ma scho Fasching?", wundert sie sich, und dabei fällt etwas von ihrem Essen auf den Teller zurück. „Wo kumma die her?"

„Aus dem Morgenland!", klärt sie ein Mann mittleren Alters auf. Er stopft seine Pfeife, und als er einige Züge getan hat, sagt er augenzwinkernd: „Die gehen zum Stachus Wassertreten…"

„Wassertreten? Mei, gibt's denn dös?", staunt die Frau und legt die Hand auf den vollen Mund. Ihre Schultern zucken, sie darf jetzt nicht lauthals loslachen.

„Das kommt hier öfter vor", sagt der Mann mit ernstem Gesicht. „alle paar Tage…"

„Die waschen die Füß? Am Stachus? Das glaubt doham koaner nich…"

„Doch, doch… Es ist so!" Der Mann nickt.

Die Frau wendet sich ihm ganz zu, wartet auf weitere Erklärungen, aber der Mann lehnt sich zurück und schließt die Augen, um sich dem Tabakgenuss hinzugeben. Mehr kann sie von ihm nicht erwarten, das merkt sie, und sie wendet sich wieder ihrem Essen zu. Plötzlich hat sie es eilig, sie isst nur noch ganz wenig von Haxe, Kraut und Püree. Dann schnellt sie in die Höhe, reckt sich auf die Zehenspitzen und winkt den Kellner heran, um zu zahlen. Beinah überstürzt bepackt sie sich mit Tüten und Taschen und stapft forschen Schritts die Neuhauser Straße zum Stachus hinunter.

Das Mädchen mit der Perle
Münster

Der Prinzipalmarkt ist wie immer voller Leben. Unter den Arkaden hocken dicht an dicht die Blumenverkäufer und verengen mit Aufbauten, mit Kisten und Eimern den Gehweg. Mancher ist von Holland herübergekommen. Er weiß, bei ihm kauft man gern, holländische Blumen seien frischer, sagt man, und haltbarer als andere. In beinahe allen Straßen der Altstadt stehen Musikanten an den Wänden, Solisten stehen da, auch Duos und Trios der verschiedensten Art. Neben der Rathaustreppe hat heute ein vorzüglich spielendes Streichquartett seinen Platz, das bis jetzt nur alte Musik zum Besten gab.

Die Rathaustreppe ist ein bevorzugter Ort. Hierher kommen Reisende aus der nahen Umgebung und aus der Ferne, sogar aus dem Ausland. Mit leichtem Grausen wird das Sendschwert bestaunt, wenn es draußen aufgesteckt ist, und manch einer fragt sich, ob es wohl Köpfe abgeschlagen haben mag. Dann fluten die Menschen die breite Treppe hinauf in den Friedenssaal, wo im Mai 1648 der Teilfriede zwischen den Niederlanden und Spanien geschlossen wurde und ein dreißig Jahre dauernder Krieg sein Ende fand. In der Düsternis des Saales bewundern sie alte Bilder rings an den Wänden und Holzschnitzereien. Eine Tonbandstimme macht auf Besonderheiten aufmerksam: auf den schmiedeeisernen Kronleuchter, auf den mächtigen Kamin, auf dessen Kaminplatte zu lesen ist: „Pax Optima Rerum" (Friede ist das höchste Gut). Das Gemälde, das den Friedensschluss darstellt, erklärt die Stimme, stamme von dem Maler Gerard ter Borch... Die Menschen staunen, sie drehen und recken und stoßen sich und streben zurück ins Licht und an die frische Luft.

Sind sie wieder draußen, stellen sie sich gegenüber dem Rathaus auf, um den filigranen Giebel zu betrachten, das gefällige Stadtweinhaus mit seinem repräsentativen Balkon, oder die Lambertikirche mit den drei Käfigen am Turm, in denen die zerschundenen, zerrissenen Körper von führenden Wiedertäufern den Bürgern zur Warnung vorgeführt worden sind.

Seit gestern ist das Wetter gut. Das Personal des „Ratskellers" hat Stühle und Tische auf den Bürgersteig gestellt, und die Gäste ließen nicht lange auf sich warten.

Von der Rathaustreppe klingt die Musik des Streichquartetts herüber, und am äußeren Rand des Straßencafés breitet ein Pflastermaler seine Utensilien aus, bunte Kreide, verschiedene Lappen, dazu eine Zigarrenschachtel. Die wird so platziert, dass man fast darüber stolpert. Als er den Deckel aufschlägt, blitzen bereits einige Münzen darin.

Mit flinken Strichen hat der Mann ein großes Rechteck auf den Gehweg gezeichnet und sofort beginnt er, darum einen gold-braunen Barockrahmen zu malen. Jetzt versteht es jeder: Hier entsteht ein Kunstwerk, um das ein Bogen zu machen ist.

Das wäre getan, der Rahmen ist fertig. Der Maler reckt sich in die Höhe, tritt zwei, drei Schritte zurück und betrachtet ihn. Er ist ein Mann in den Dreißigern, knochig und mit hagerem unrasiertem Gesicht und einem stark hervorspringenden Adamsapfel. Um den Hals hat er ein buntes Tuch geschlungen, das den Adamsapfel nicht verdeckt, sondern ihn hervorhebt. Hinter den Ohren zeigen sich silbrige Fäden in seinem schwarzen Kraushaar. Er kneift die Augen zusammen und schüttelt den Kopf, als müsse er zuerst einmal Ordnung in seine Gedanken bringen.

Neugierig geworden, bleiben die Leute stehen; sie betrachten das Geviert auf dem Gehweg, sie betrachten den Mann und warten auf das, was folgen wird.

Aus der Westentasche zieht er eine Kunstkarte hervor und gibt seine Absicht preis: In den Barockrahmen wird er Vermeer van Delfts „Das Mädchen mit der Perle" malen. Er hockt sich an den Rand des Rahmens, und rasch sind die Konturen des Gesichts, des Kopfputzes und der Schultern hingelegt.

„Wozu braucht der die Vorlage?", fragt eine junge Frau. „Der malt doch alles aus dem Kopf."

„Hundertmal gemalt!", klärt sie ein älterer Herr auf. Und leise: „Wahrscheinlich kann er nichts anderes. Malt nur das."

Später, die Farben sind alle aufgetragen, das Bild wird mit Handballen und Fingern verfeinert, ruft eine Dame aus:

„Wie wundervoll! Das hier würde ich mir sofort in die gute Stube hängen. Wirklich! Wie schade, dass das aufs Pflaster gemalt worden ist. Da lebt es nicht lange…"

„Na, wenn es nicht regnet, können Sie es sich auch morgen noch anschauen", wird ihr geantwortet.

Nach und nach ist der Kreis um den Maler größer und dichter geworden. Vorne werden die Köpfe schief gelegt, mancher Blick wirkt entrückt, nicht nur, wenn er das Mädchenbildnis, sondern auch seinen Schöpfer streift, seinen gebogenen Rücken, die sehnigen, braunen Arme, den Nacken unter dem dunklen Kraushaar. Und immer öfter streckt sich ein Frauenarm zu der Zigarrenschachtel hin und lässt ein nicht geringes Geldstück hineinklimpern.

Der Maler steht auf, er mischt sich unter die kommenden und gehenden Zuschauer. Das Bild ist fertig. Er genießt es, Äußerungen der Bewunderung zu hören. Ja, einige applaudieren sogar. Aus dem Barockrahmen blickt ein junges Mädchen die Umstehenden an. Den Kopf hat es in ein blaugoldenes, turbanähnliches Gebilde gewickelt. Ein verführerisches Mädchen, mit seinem leicht geöffneten, auffordernden Mund. Jeden, der es ansieht, scheint es ins Dunkel des Hintergrunds mitnehmen zu wollen. Und im Schatten, am kaum erkennbaren Ohr: die Perle, groß und schwer, nur am Punkt des Widerscheins zu erkennen.

„Genauso ist es!", ruft eine begeisterte Frauenstimme. „Ich hab es vor drei Jahren in Den Haag gesehen. Im Mauritshuis. Nur, das Original ist kleiner und hat..."

Sie bricht jäh ab. Eine alte Frau, in der einen Hand einen weißen Stock, in der anderen eine Handtasche schwingend, tappt mitten hinein in das Kunstwerk auf dem Pflaster.

„Ja, gibt's denn das!", schreit die Frau entsetzt, die in Den Haag gewesen ist. „Können Sie nicht besser aufpassen? Sehen Sie nicht, wo Sie hineinlaufen?"

Mitten im Bild bleibt die alte Frau mit dem weißen Stock stehen und versucht, blinzelnd und verwirrt etwas zu erkennen.

„Die sieht doch nichts!" Der Maler nimmt sie behutsam beim Arm und führt sie an die Seite.

„Entschuldigung", murmelt sie. „Entschuldigung. Ich habe nicht..."

„Setzen Sie sich, hier..." Der Maler drückt die alte Frau auf einen Stuhl des Straßencafés.

Verstört um sich blickend sitzt sie da, mit beiden Händen ihren weißen Stock umklammernd.

„Bringen Sie der Frau einen Tee!", ruft der Maler der Bedienung zu.

„Ach, bitte, einen Kaffee", sagt sie so leise, dass man es kaum hören kann.

„Keinen Tee, einen Kaffee!", ruft er, als er in den Kreis seiner bestürzten Bewunderer zurückgeht.

Verstört und hilflos fragt die alte Frau den Kellner, der ihr den Kaffee bringt: „Für mich? Hab ich das bestellt?"

„Der Mann da drüben...", er nickt zum Maler hin. „Der hat's auch bezahlt."

Die alte Frau schüttelt verwundert den Kopf, und plötzlich fangen ihre Hände an zu zittern, dass sie fast den weißen Stock verliert.

„Was hab' ich denn angestellt", fragt sie, „dass die Leute so böse geworden sind?"

Aber der Kellner hört sie nicht.

Während sie ihren Kaffee trinkt, beginnen die Menschen auseinander zu laufen, und die Bedienung des „Ratskellers" rollt etliche Sonnenschirme zwischen die Tischreihen und spannt sie auf. Dann merkt es auch die alte Frau: unversehens hat es zu regnen angefangen.

„Das ist nur ein Schauer", sagt einer von der Bedienung. „Bleiben Sie hier sitzen und warten Sie's ab. Das ist gleich vorüber."

Niemand ist mehr auf der Straße, keiner ist bei dem verlockenden Mädchen mit der Perle geblieben. Langsam verläuft das Bild unter dem Regen. Wenig später ist nichts mehr davon zu erkennen, nur ein schmutziger Fleck ist auf dem Gehweg zurückgeblieben.

In der Wallfahrtskirche
Im Allgäu

„**B**odo, hättest du von mir verlangt, dass ich da hinauf *gehe* – dann hättest du allein gehen müssen", sagt die Frau und schiebt die Sonnenbrille in ihr Haar, um die Kirche auf dem Berg klar sehen zu können.

„Hab ich aber nicht", erwidert der Mann. „Glaubst du, ich hätte dich quälen wollen? Warum sagst du das?"

„Nun, ich meine ja bloß."

Gemächlich, man könnte fast nebenher laufen, fährt er die Straße zur Wallfahrtskirche hinauf. Die Straße ist steil und kurvenreich, und nach jeder Biegung zeigt sich das Land prachtvoller, überwältigender.

In einer scharfen Kehre tritt er unerwartet mit aller Kraft auf die Bremse, weil ein Trupp Radfahrer im Sportdress und mit bunten Helmen auf dem Kopf auf ihn zurast.

Die Frau kurbelt das Fenster herunter, lehnt sich heraus, als wollte sie der Truppe etwas nachrufen. Sie sagt: „Nein, Bodo, dass das so hoch ist… Da oben eine Kirche hinzubauen! Fast in den Wolken!"

„So ist das mit den Wallfahrtszielen", meint der Mann, den Blick starr nach vorne gerichtet. „Da bist du stunden- oder tagelang unterwegs, endlich liegt das Ziel zum Greifen nahe – und dann heißt es: vor der Erlösung erst noch zusätzlich ein paar Blasen an den Füßen sammeln."

Er lächelt zu ihr hin, und die Frau lächelt zurück, ohne den Blick von der Bergkirche zu wenden. Ihr Gesicht ist hübsch, rundlich und glatt und was besonders auffällt, sind ihre dunklen, kreisrunden großen Augen. Ein Wust von unnatürlich braunen Locken, die sich fast bis an die Augen ringeln, umrahmt es. Es ist ein angenehmes Gesicht, an dem man nicht vorbei sieht.

Anders ist das Gesicht des Mannes: es ist abgemagert und grau, schmallippig und von tiefen Furchen zerschnitten. Dunkelgrau ist auch sein bürstenlanges Haar, mit tiefen Geheimratsecken. Auf den Schläfen liegen dicke, seilartige Adern. Die Augen kneift er ständig zusammen, als wäre er etwas sehschwach oder als blende ihn die Sonne. Von Weitem könnte man seine Arme für gebräunt halten, dabei sind sie von einem Pelz von dunklen Haaren überzogen.

Als die Frau sich aus dem Wagen müht, passen Gesicht und Körper nur noch schwer zusammen. Sie ist von einem Umfang, der sprachlos macht, der Bestürzung hervorruft oder beißende Bemerkungen. Kurzatmig und schwerfällig watschelt sie auf den Berg zu. Sie geht auffallend breitbeinig, die Unterschenkel sind nach außen geknickt. Um voranzukommen, muss sie sich bei jedem Schritt aus der Hüfte heraus drehen. Und dabei hört man, wie ihre Oberschenkel aneinander scheuern.

Vorsichtig fragt der Mann: „Gitta, möchtest du die Autoschlüssel haben?"

Sie bleibt stehen, um zu verschnaufen, schüttelt den Kopf. „Ich werde das schon schaffen…"

Ja, sie schafft es. Mit Pausen kommt sie die vielen in den Fels geschlagenen Stufen, die an den Kanten mit Tannenstämmen gesichert sind, hinauf. Der Mann ist vorausgegangen. Er wartet oben. Sich langsam um die eigene Achse drehend, betrachtet er, das Fernglas vor den Augen, das Land.

Die Frau stellt sich neben ihn, lehnt sich an das Geländer. „Warte einen Moment", japst sie und wischt sich mit dem Taschentuch übers Gesicht und in den Ausschnitt.

Schließlich ist sie wieder bei Kräften, langsam und vorsichtig tappt sie neben ihm zum Eingang der Wallfahrtskirche.

Sie flüstert, als spräche sie ein Gebet. „Nein, diese Sonne! Diese Höhe! Dieser holprige Boden!"

In der Kirche sind nicht wenige Besucher. Sie zwängen sich in jede Ecke, als gäbe es da eine verborgene Besonderheit zu entdecken. Die meisten aber drängen sich um den Altar, bestaunen die Schnitzereien, die Bilder, befingern die kostbare, bestickte Altardecke. Eine ältliche, aufgedonnerte Amerikanerin prüft auch die Echtheit der Altarblumen.

Links vom Altar führt eine Tür in den Turm. Menschen drängen hinein und quellen daraus hervor. Rufe sind aus dem Aufgang zu hören, Pfiffe und Geschimpfe und ein Durcheinander von Warnungen und Zurechtweisungen.

Der Mann steckt seinen Kopf in den engen Aufgang.

„Warte hier auf mich", rät er seiner Frau. „Du kannst dich ja in der Kirche umsehen…"

Sie zwängt sich in eine Bank, und ohne ihre Antwort abzuwarten, verschwindet er in der kleinen Tür.

Die Frau, immer noch außer Atem, sieht sich um. Auf der anderen Seite hocken ein paar betende alte Frauen. Nichts, so scheint es, kann sie bei ihrer Andacht stören oder davon abbringen.

So tief im Gebet versunken können die doch gar nicht sein, denkt die Frau. Die tun nur so. Die kriegen alles mit, was in der Kirche passiert, selbst im hintersten Winkel.

Sie beobachtet die in die Kirche drängenden Besucher. Auffallende und schlichte Menschen, Deutsche aus den entferntesten Gegenden und Ausländer, vor allem Ausländer. Die einen flüstern, raunen, andere geben sich ungehemmt, als hätten sie ihre Eckkneipe betreten.

Wieder nimmt die Frau die betenden alten Weiber ins Visier: Die hocken immer noch da, eingesunken und mit hängenden Köpfen. Die sind wirklich im Gebet vertieft, oder sie sind eingeschlafen…

Die Frau lächelt vor sich hin.

Dieses Altarbild, was stellt es dar, überlegt die Frau. Wenn ich das wüsste! Viel von den Heiligengeschichten kenne ich nicht. Wenig, nur ganz wenig. Am besten die über Weihnachten. Das hört man ja alle Jahre wieder. Und etwas von der Kreuzigung. Aber so recht weiß ich auch da nicht Bescheid. Ich werde Bodo nach dem Bild fragen, der läuft in jede Kirche. Der wird es wissen. Ich denke, es ist das übliche, wie immer. Mir kommt es vor, als wäre es ein wenig anders gemalt. Aber es ist gut gemalt. Ein schönes Bild...

Wieder sieht sie sich um. Nun, ich werde einfach dasitzen und die Menschen beobachten, dieses seltsame Volk ohne Respekt, ohne Pietät. Und die alten Weiber da drüben. Das könnte langweilig oder unterhaltsam werden...

Endlich taucht ihr Mann in der kleinen Seitentür auf. Seine zusammengekniffenen Augen können sie nicht sofort entdecken. Sie steht auf, so gut es in der engen Bank geht, winkt ihm.

„Ich bin auf dem Dach gewesen", sagt er und setzt sich neben sie. „Ist das ein Abenteuer! Du kannst dir nicht vorstellen, Gitta, wie schmal der Aufgang ist. Und die vielen Stufen! Kurz und ausgelatscht. Hühnerstiegen von unten bis oben... Alles so eng, dass kaum ein Mensch gehen kann. Und dann die, die herunterkommen! Die jungen stürmen drauflos, stoßen sich... Und bist du endlich oben auf der Aussicht, dann musst du wieder aufpassen, weil die Bohlen wackelig oder morsch sind."

„Wie hoch kommt man da?"

„Aufs Dach", der Mann zeigt gegen die Kirchendecke. „Das ist nur etwas für Schwindelfreie…" Plötzlich hat er vergessen, dass er in einer Kirchenbank sitzt. Begeistert ruft er: „Aber du hast einen Blick, Gitta!"

Ein älteres Paar fegt heran. Empörung im Gesicht, Empörung im Gang, in den ausholenden Armen.

„Fixlaudon!", braust der Mann auf. „Wenn hier a jeder so blädern tät! – Dös is ka Kaffeehaus! Solln ma Strudel bringen? Oan Schwarzen? Melange? Solln ma Kaffeehausmusik spölln lossen?"

Vor Aufregung ist der Mann krebsrot geworden, sogar seine Fliege hat sich quergestellt.

„Mir san doch in d' Kirchn!", zischt die Frau an seiner Seite. „Ham's dös net mitkriegt? – Dei Mascherl!" Sie rückt ihm die Fliege zurecht.

Das weckt die eingeschlafenen alten Frauen auf. Jetzt sind die ihrerseits aufgebracht, zwängen sich aus der Bank, drängeln sich durch die Menschen. Sie umringen die Empörten aus dem Nachbarland, und alle giften durcheinander: „Wo san mer denn? Gehn's naus! Da können's kreischen! Des is a Belästigung! Hier is Andacht!"

Ein paar Mal schnappen die Beschimpften nach Luft, wollen die Sache richtig stellen.

„Komm, geh ma!" Der aufgebrachte Mann packt die Frau am Arm und zerrt sie nach draußen.

Eine von den Alten beugt sich zu der umfangreichen Frau und meint mit hochgezogenen Schultern: „Leit gibt's, na! Haben ka gute Kinderstubn... Schad!"

„Wie Recht Sie haben", gibt die zur Antwort und stößt ihren Mann an, dass sie gehen möchte.

Als die alten Frauen an ihren Platz zurückgegangen sind, geht auch die kolossale Gitta mit Bodo, ihrem zaundürren Mann. Respektvoll machen die anderen Platz, sehen die beiden mitleidig an, nicken wie zustimmend.

Ein alter Mann mit spindeldürren Beinen und einer jungenhaften Mütze auf dem Kopf meint: „Ja, ja. Auf unsere Piepen sind alle scharf. Aber sehen wollen die unsereins nicht..."

Er sagt das so, dass es die gewichtige Frau und ihren Mann versöhnen soll.

Seine Begleiterin, ein junges, flachbrüstiges und aufgeschossenes Ding, unter einer ebensolchen Mütze wie der alte Mann, stößt ihn in die Seite.

„Ach, Hans Gottfried, das war doch anders! Ganz anders!"

Ansichtskarten
Rheinsberg

Es sind nicht wenige Leute in Rheinsberg, die die beiden Alten kennen. Seit vielen Jahren, vielleicht seit der Wiedervereinigung, sind sie alle Jahre einige Sommerwochen in der Stadt. Draußen in den Wäldern oder am See sind sie anzutreffen. Sie gehen immer Hand in Hand, sie wirken behutsam und liebenswürdig. Egal, wo sie auch auftauchen – der Mann geht nie ohne seinen Einkaufskorb, während sie einen handtaschenähnlichen Lederbeutel bei sich hat.

Bei heißem Wetter sind sie jenseits des Grienericksees zu sehen. Langsam, aufrecht, mit festem Schritt spazieren sie durch den kühlen Wald. Den Vormittag verbringen die beiden beinahe jeden Tag auf dem Markt vor dem Schloss. Hier werden neben Obst und Gemüse, Schleuderware, Billigkleidung und Ramsch, auch alte Bücher angeboten. Ihnen gilt ihr Interesse. Die Alten blättern darin, lesen und machen einander auf das eine oder andere aufmerksam. Und schließlich wandert es in seinen Korb.

Gerade hier, zwischen den von Sonnenschirmen überdachten Verkaufsständen, sind sie bekannt. Verkäufer und Herumbummelnde grüßen sie, rufen ihnen Freundlichkeiten zu.

Heute hat der Mann unter den Büchern eine Seltenheit entdeckt. Er winkt seiner Frau, die sich am anderen Ende des Standes über eine Kiste beugt.

„Sieh einmal: Die Undset!", ruft er. „Olaf Audunsson!"
Die Frau ist begeistert.
„Eine Perle!", ruft sie. „Wilhelm, das Buch gehört uns!"
„Das meine ich!"
Als sie bei ihm ist, sagt er: „Der Streit wird losgehen, wer es zuerst lesen darf."
„Natürlich der Finder", sagt sie großzügig.
Er legt einen Arm um ihre Schulter, küsst ihre Schläfe.
„Wilhelm, ich brauche noch einige Ansichtskarten."
„Da, beim Ratskeller. Gehen wir."
Vom Schlosshof dröhnt Musik herüber, dann bricht sie schlagartig ab. Heute Abend ist die Generalprobe zu Monteverdis „Il ritorno d'Ulisse in Patria". Um Störungen zu vermeiden, ist heute der ganze Innenbereich des Städtchens abgesperrt, auch Wachen sind aufgestellt worden.
Manchmal ist das alte Paar in den Schlosshof gegangen, um den Proben zuzusehen. Andere kamen, saßen irgendwo, besprachen sich leise, wunderten sich, wie oft manche Szenen durchgespielt werden mussten. In der Oper agierten durchweg junge Sänger. Einige hatten quer durch den Schlosshof zu hetzen, andere rollten auf Rhönrädern herein. Ein Sänger sollte, so sah es aus, ins Wasser stürzen...

Beim Kartenkauf weiß die Frau genau, was sie will: Zielsicher zieht sie drei, vier Ansichtskarten aus dem Ständer.

„Na, wie findest du die?", fragt sie den Mann.

„Ansichtskarte ist Ansichtskarte."

„Finde ich nicht, hier..." Die Frau fingert eine andere hervor. „Hier – nichts als abgelichtete Kulisse, Wilhelm. Wie eine Bühne ohne Schauspieler, ohne Sänger", fügt sie hinzu. „Solche Karten sind fade, sind ohne Leben."

Mit schiefem Kopf betrachtet der Mann die Karten, dann seine Frau. „Ja, so... so kann man es auch sehen...", sagt er noch nicht überzeugt. „Aber wichtig, sage ich dir, wichtig ist die Botschaft. Ist der Text. Nicht das Bild."

Die Frau setzt noch eins drauf, sie muss ihn zu ihrer Ansicht bekehren. Sie beharrt: „Die meisten Maler, Wilhelm, haben in den Vordergrund ihrer Landschaften Leben hineingemalt. Feines Leben oder pralles Leben. Und manchmal auch derbes... Wir kennen Bilder, Wilhelm, da konnten wir geradezu Acker- oder Kuhgeruch einatmen..."

Der Mann hebt zweifelnd die Schultern.

„Ach, Lucie, Karte ist Karte", sagt er noch einmal.

Die Frau schwenkt eine Karte. Hartnäckig fährt sie fort: „Hier, Rheinsberg! Das Schloss... aber davor der Markt. So wie wir Rheinsberg kennen. Und hier: die kleine hässliche Straße. Du kennst sie, Wilhelm. Die, die da drüben am See endet. Links und rechts die heruntergekommenen Häuser, schiefe Fensterläden, hängende Dachrinnen, aber da unten, Wilhelm: Leben! Menschen, die ein Boot ins Wasser schieben!"

Aus dem Schlosshof klingt Penelopes Klage. Auf dem Markt wird es still, die Leute horchen auf. Ein Pferd vor seinem Wagen, das bewegt werden möchte, wiehert dagegen an.

„Diese herrliche Musik", sagt die Frau. „Wie freu ich mich auf die Oper."

„Bis morgen Abend musst du noch warten, Lucie. Ist das nicht ein schöner Abschluss unserer Ferien?"

Die Frau nickt, dann wendet sie sich dem Kiosk zu, um die Ansichtskarten zu bezahlen.

Späte Rückkehr
Dresden

„Nun, da bin ich", flüstert Jakob Steinberger. Das sagt er immer wieder, wenn er in dieser Stadt an einem neuen Platz angelangt ist.

Vor drei Tagen ist Jakob Steinberger in seine ehemalige Heimat gekommen. „Meine gewesene Heimat", wie er sagt. Er ist in Deutschland, um es genauer zu sagen: Er steht auf der Brühlschen Terrasse in Dresden.

Jakob Steinberger ist ein alter Herr, im nächsten Jahr wird er achtzig.

„Nu, wenn du fahren willst, dann fahr", hat seine Frau Rosel gesagt. „Der Allmächtige allein weiß, wie lange du noch dazwischen herumgehen kannst. Später..." Sie hat nicht ausgesprochen, was sie mit später meinte. Aber Jakob Steinberger wusste es.

So ist er gefahren.

Seit über fünfzig Jahren lebt Jakob Steinberger in Israel, seiner angestammten Heimat. Deutschland – das lag so weit weg. Die Erinnerungen glichen teils schönen, teils beklemmenden, Angst machenden Träumen. Diesen Träumen wollte er am Ende seines Lebens nachgehen.

Vieles hat Jakob Steinberger schon in Augenschein genommen: die Semperoper, den Zwinger, im Stallhof des Schlosses ist er gewesen und an seiner Außenseite betrachtete er Ludwig Richters Fürstenzug. In der Hofkirche hat er dem übenden Organisten gelauscht. Gestern Abend wollte er an der Frauenkirche den Arbeitern zusehen. Er sah sie nicht, nur grelle Scheinwerfer, die den Handwerkern geleuchtet haben. Ihre Rufe konnte er hören, ihre Maschinen. Dann ist er auf Umwegen wieder zurückgeschlendert zur Brühlschen Terrasse.

Die Elbe strömt kraftvoll und ruhig nordwärts, immer mehr Lichter beginnen sich in ihr zu spiegeln. Es ist, als bekämen die Geräusche in diesem Licht einen anderen Klang. Ein Dampfer tuckert stromabwärts, voll von bunten Lampen und fröhlichen Menschen.

Vom anderen Ufer leuchtet Neustadt herüber. –

Und jetzt erst fällt Jakob Steinberger der jüdische Friedhof da drüben an der Pulsnitzer Straße ein. Hin und wieder hat er in Israel an diesen Friedhof gedacht. An seine verschnörkelten, hohen Grabmale, manche über und über grün von Moos, und wie die Mutter ihm die Inschriften vorgelesen hat. Hier in Dresden ist ihm der Friedhof bislang nicht in den Sinn gekommen. Wenn es ihn noch gibt, dann wird auch er Wunden haben, sagt er sich, so wie wir, wie diese Stadt ihre unzähligen Wunden hat. Sie werden keinen Grabstein stehen gelassen, werden alles schon vor der Bombardierung im Februar fünfundvierzig beseitigt haben!

Soll er hingehen? Es wird sich ergeben oder nicht ergeben, denkt Jakob Steinberger.

Ja, nach Neustadt will er gehen, sofort!

Jakob Steinberger überquert die Augustusbrücke, wenig später den Neustädter Markt mit dem goldenen Reiterstandbild Augusts des Starken. Als er ein

Kind war, schien ihm der große König bis in den Himmel zu reichen. Ja, in seinem Gold war er bestimmt direkt vom Himmel auf den Platz geritten. Für den Jungen stand er in mehrfacher Hinsicht für Größe. Beachtlich ist er immer noch, aber...

Jakob Steinberger fühlt eine Art von Trauer, die sich bei allem Verlorengeglaubten einstellt.

In der Hauptstraße ist noch Betrieb. Ein gemischtes Volk sitzt auf den Bänken unter den Platanen, die sich die Straße hinaufziehen. Dadurch, dass sich die Straße zum Albertplatz verjüngt, täuscht sie eine Länge vor, die sie nicht hat. Wie endlos ist ihm diese Straße in seiner Kindheit vorgekommen.

Er betritt ein Restaurant, das in einem überdachten Hof untergebracht ist. Hoch über dem äußersten Rand der Dächer spiegelt sich Glas und vermittelt den Eindruck, dass man unter freiem Himmel sitzt. Ein Restaurant von dezenter Eleganz, wie er es in Dresden bisher noch nicht gesehen hat.

Als ihm das Essen gebracht wird, tritt ein junges Paar an seinen Tisch, vielleicht Anfang, Mitte Zwanzig.

„Entschuldigen Sie bitte", vor Aufregung flüstert der Mann. „Dürfen wir uns zu Ihnen setzen?"

„Für alte Menschen ist es immer sehr erfreulich, wenn die Jugend sich zu ihnen gesellt", lacht Jakob Steinberger. „Bitte, nehmen Sie Platz."

„Wir wünschen Ihnen einen guten Appetit", haucht die junge Frau, und sie bekommt einen roten Hals und rote Ohren.

Sie bestellen Wein, und als sich die beiden zuprosten, sehen sie sich mit einem Blick an, der Jakob Steinberger veranlasst, sich über seinen Teller zu beugen. Es dauert eine Weile, ehe sie trinken.

Sie haben die Köpfe gesenkt und schweigen. Endlich sagt der junge Mann, und er hält seinen Blick fest auf die Tischplatte geheftet: „Sie werden sich fragen, warum wir an Ihren Tisch kommen, obwohl so viele andere noch frei sind…"

Jakob Steinberger hebt die Brauen. Ohne aufzusehen fährt der junge Mann verlegen fort:

„Wir… nein, meine Braut hat es sich in den Kopf gesetzt, heute Abend mit einem fremden, einem sympathischen Menschen zu feiern… mit dem ersten, dem wir begegnen…"

„So?" Jakob Steinberger legt das Besteck ab. „Und da hat das Los mich getroffen?"

Die junge Frau nickt. „Dieser Abend ist… Wissen Sie… Wir haben uns heute Abend verlobt", sagt sie und wird noch röter, „und haben gesagt, den wir im Lokal antreffen, den bitten wir…" Sie ist so rot geworden, dass sie ihr Gesicht bedeckt.

Jakob Steinberger erhebt sich, reicht beiden die Hand. „Da gratuliere ich. Glück wünsche ich Ihnen, viel Glück der Braut, dem Bräutigam… Glück und Wohlergehen auch Ihren Eltern, den Geschwistern!"

„Wir haben beide keine Eltern mehr. Keine Geschwister", sagt die junge Braut leise.

„Oh, da habe ich etwas Verkehrtes…"

„Nein, nein!", ruft sie schnell. „Es ist, wie es ist!"

Jetzt ist auch der alte Mann so verlegen wie die jungen Leute. Erinnerungen steigen auf, lange verschüttet. In seinem Hals wächst etwas, schnürt und presst, dass seine Augen flackern.

Später lässt er für sich eine Flasche Roten kommen und lädt die beiden zum Trinken ein, zum Mitfeiern, wie er sagt. Denn es gäbe für alle einen Grund zum Feiern:

„Ja, da betreten Sie beide, nein, wir alle drei, in gewisser Weise Neuland", lacht er und hebt sein Glas. „Obwohl, so ganz stimmt das für mich nicht. Denn ich bin wohl mehr auf der Suche nach Vertrautem, nach Verlorenem…"

Die beiden lächeln glücklich zurück, sie fragen aber nicht, was er mit dem Vertrauten und Verlorenen meint. Der junge Mann hat seine Hand auf den Arm seiner Braut gelegt, und hin und wieder blicken sie sich tief und lange an.

Einmal rutscht der Hemdsärmel bei dem jungen Mann hoch, und Jakob Steinberger sieht über der Handwurzel eine Tätowierung.

Jetzt kommen seine Augen nicht mehr von dem bläulichen Gebilde los. Er versucht nicht hinzusehen, es gelingt nicht. Schließlich fragt er: „Sie tragen eine Tätowierung?"

Der junge Mann schiebt den Ärmel hoch. „Ja, eine Spinne."

„Eine Spinne? Wissen Sie, dass Spinnen sogar ihre Artgenossen töten", fragt Jakob Steinberger. „Und es kann vorkommen, dass sie sie auffressen."

Die beiden finden das komisch. Sie lachen wie über eine ulkige Geschichte. „Von uns beiden ist keiner so!" Der junge Mann schüttelt, immer noch lachend, den Kopf. „Ich nicht und sie auch nicht…" Er legt seinen Arm um den Hals seiner Braut.

„Tätowierungen", jetzt entblößt Jakob Steinberger seinen Arm, „Tätowierungen sind Narben", sagt er ernst, „es sind tiefe, bleibende Wunden. Nicht nur im Fleisch. Sehen sie einmal…"

Die junge Braut beugt sich zu ihm hin. „Eine Schlange?", fragt sie. Der alte Mann schüttelt den Kopf.

„Eine Nummer. Du, guck mal, eine Nummer!", flüstert sie zu ihrem Bräutigam hin.

„Jude?", fragt der. „Sie sind ein Jude?"

Der alte Mann nickt. „Das hier ist lange her, sehr lange", sagt er. „Das war in der Zeit, als wir keine Namen mehr hatten. Wir waren eine Nummer. Neunundzwanzigtausendvierhundertdreiundachtzig. Das war ich. Den Jakob Steinberger wollten sie damit auslöschen! Töten! Den gab es nicht mehr. Das hier", er streicht mit dem Finger über die bläuliche Nummer, „das hat die Seele verwundet. Und solche Wunden heilen nicht. Niemals." Und, als vertraue er ihnen ein Geheimnis an, flüstert er: „Es ist noch schlimmer: das vererbt sich."

Das Lebhafte, das Versonnene und auch ihr Glücklichsein ist verschwunden, als wäre es von den Brautleuten abgefallen. Der junge Mann sieht abwechselnd auf seine Spinne, dann auf die Nummer des alten Mannes.

„Ich sehe, ich habe Sie entsetzt. Das war nicht meine Absicht", sagt der alte Mann und hebt sein Glas gegen sie. Und er versucht zu lächeln, als er sagt: „So tragen wir beide etwas Modisches. Sie und ich."

Und langsam, als müsste er bei jedem Wort überlegen, spricht er über sein Leben, erzählt von damals, als man den Namen des achtzehnjährigen Jakob Steinbergers auslöschen wollte. Er erzählt von der Zeit in Buchenwald, im Arbeitslager, auch von seinem Leben in Israel.

Jakob Steinberger erzählt leise und mit größeren Pausen. Die jungen Leute sitzen vorgebeugt, lauschen und vergessen zu trinken und haben wohl auch einander vergessen. Noch während der alte Mann sprach, hat die junge Frau ein Zittern überfallen. Zusammengekauert sitzt sie, die Hände unter die Achseln gepresst, als fröre sie.

„Warum sind Sie hergekommen?", fragt sie endlich. „Warum quälen Sie sich?"

„Quälen? Junge Frau... Ich sage es einmal so: Es ist, als würde ich eine alte Wunde aufstechen und den Eiter herausdrücken. Oder man entschließt sich, ein peinigendes Körperteil zu amputieren."

Der junge Mann hat seinen Kopf aufgestützt, die Tätowierung hält er verdeckt. Er blickt an dem alten Mann vorbei ins Leere, als dächte er nach. Die junge Frau öffnet den Mund, will etwas fragen, aber sie fragt nicht.

Jakob Steinberger hält die Augen geschlossen. Es ist das erste Mal, dass er fremden Menschen in diesem Land seine Geschichte erzählt hat, Menschen, die nach denen gekommen sind, die ihn gequält, die getötet haben. Ihm ist, als hätte er sich vor den beiden jungen Menschen, die so glücklich an seinen Tisch gekommen sind, entblößt.

„Verzeihen Sie mir." Seine Stimme klingt müde, gebrochen. „Ihr fröhlicher Tag hat durch mein Erzählen keinen fröhlichen Ausklang. Es tut mir leid. Es ist doch Ihr Verlobungstag. Vielleicht bereuen Sie, dass Sie an diesem Tag zu mir an den Tisch gekommen sind."

Die jungen Leute schweigen, dann schüttelt einer nach dem anderen den Kopf, aber keiner wagt es, den alten Mann anzublicken, keiner weiß etwas zu sagen.

So zahlt er denn. Und als er gehen will, bitten die beiden, ihn ein Stück begleiten zu dürfen. Auf dem Weg bleiben sie stumm. Den alten Mann haben sie in ihre Mitte genommen. Am Neustädter Markt müssen sie sich trennen.

„Werden Sie glücklich", sagt Jakob Steinberger, ihnen beide Hände hinstreckend. „Ich wünsche es Ihnen. Und ein langes Leben! Das auch!"

„Danke." Der junge Mann drückt ihm vorsichtig die Hand, als könnte er etwas an dem Alten zerbrechen. „Danke für alles. Und: Leben Sie besser, wenn Sie nach Israel zurückkommen."

Abwartend, befangen steht das Mädchen daneben. Da nimmt sie Jakob Steinberger unversehens in die Arme und küsst ihn und läuft fort.

Der junge Mann verneigt sich kurz wie zur Bekräftigung, dann folgt er gemächlich seiner Braut.

Jakob Steinberger sieht den beiden nach, und bald schon kann er sie nicht mehr erkennen. Nur die Schuhe der jungen Frau hört er noch einen Moment auf dem Pflaster. Dann sind sie irgendwo in der Dunkelheit, hinter dem Reiterstandbild des starken August, verschwunden.

Frauengespräch
Im Münsterland

Hier auf der Höhe wird das Land weit. Beiderseits der Straße Felder, dazwischen dunkle Büsche. Und rechts auf dem Hügel, unerschütterlich und dominant, die Benediktinerabtei. Wie eine abweisende Burg, denkt die Frau. Uneinnehmbar, als hätte Gott sich darin verschanzt. Das werde ich mir ansehen!

Sie ist nicht mehr jung. Nicht einmal ihr ungefähres Alter ist zu erraten. Das Haar trägt sie offen, es fällt ihr auf die Schulter, ein merkwürdiges Gemisch aus blond und grau.

Sie fährt ein Wohnmobil. Gemächlich steuert sie die Abtei an. Jetzt muss sie abbiegen.

Nach ein paar Metern zwingt eine Schafherde sie anzuhalten. Als graue, sich drängende Lawine überquert die Herde die Straße. An beiden Seiten patrouillieren Hunde, wachsam und flink, wissend, worauf es ankommt. Ganz am Ende stapft ein Mensch, versteckt unter einem breitkrempigen Hut, im knielangen Lodencape, mit Umhängetasche und Stab.

Das wird dauern, denkt die ältliche Fahrerin. Sie kennt solche Herden. Sie kennt Schaf- und Ziegenherden, größer als diese. Auch Scharen von Eseln und Kamelen hat sie gesehen, und einmal querte sogar eine Schweineherde vor ihr die Straße. Das war im Hessischen.

Als der nachstapfende Mensch die Straße überquert hat, zieht er als Dank vor der Autofahrerin seinen Hut und gibt sich als Frau zu erkennen. Die Fahrerin kurbelt die Scheibe ganz herunter. „Das ist ja eine Überraschung! Ich habe sie für einen Mann gehalten!"

Lachend schüttelt die Hirtin ihr blondes Haar, dass es nur so um ihr Gesicht fliegt.

„Für mich ist es Zeit, einen Tee zu trinken", ruft die Fahrerin. „Darf ich Sie dazu einladen?"

Die Hirtin klemmt ihren Hut vor der Brust auf das Cape. „Gerne."

„Ich muss aber die Straße frei machen", ruft die Autofahrerin. „Ich parke hier drüben am Feldweg."

„Gut! Ich komme."

Die Fahrerin ist eine alte Frau, schlank, fast mager. Unter dem wehenden, langen Kleid sind ihre Knochen zu erkennen. Im Nu hat sie einen Campingtisch und zwei Klappstühle vor das Auto gestellt. Sie rupft Kamille und Wegwarte und stellt sie in einem Wasserglas auf das Tischchen. Erklärend ruft sie der Jüngeren entgegen: „Ein bisschen gemütlich soll's schon sein. Es kommt nicht alle Tage vor, dass ich in Gesellschaft meinen Tee trinke."

Die Jüngere wirft ihr Cape ins Gras. In Hosen und dem karierten Männerhemd sieht sie wie jemand aus, der Landmaschinen vorführen soll. Sie ist schlank und wirkt viel größer als unter dem Umhang. Plötzlich bleibt sie stehen, ruft: „Darf ich überhaupt näher kommen?"

„Ach so! Kommen sie nur. Bei Ihnen ist der harmlos!", lacht die alte Frau.

In der Tür des Wohnwagens ist ein riesenhafter, zottiger Hund aufgetaucht. Hechelnd, mit dem ganzen Körper bebend, beobachtet der die fremde Frau.

„Mein Reisekumpan. Ein Irischer Wolfshund! Kommen Sie nur. Er kennt das, dass ich hin und wieder jemanden zu mir einlade. Außerdem spürt er sogleich, wer willkommen ist und wer nicht. Bitte!" Die alte Frau deutet auf einen Klappstuhl, die Jüngere setzt sich. Den Riesenhund behält sie vorsichtshalber im Auge.

„Vor normalen Hunden habe ich keine Scheu", sagt sie. „Aber dieser ist doch gar zu groß. Furcht einflößend!"

„Das ist der Ergo, der Strolch. Würde er Gefahr wittern, dann hätte er sie gar nicht bis ans Auto gelassen. Der Tee ist gleich fertig." Sie verschwindet im Innern des Wohnwagens.

„Können Sie die Herde sich selbst überlassen?", ruft sie nach draußen.

„Ich habe sie im Blick!", ruft die Junge zurück. „Und außerdem sind die Hunde da. Auf die ist Verlass."

Die alte Frau stellt Geschirr auf das Tischchen, dann holt sie den Tee und einen Teller mit Keksen.

„Sie haben einen interessanten Beruf", sagt sie. „Schäfer – das ist doch ein Beruf?"

„Ja." Dann: „Tierzüchter, so nennen wir uns heute."

„Tierzüchter! Mit Ausbildung und allem, was so dazu gehört?"

„Ja."

„Sie machen mich neugierig", sagt die alte Frau und gießt Tee ein. „Eine junge Frau wie Sie... Mit diesem Aussehen... In dieser Einöde... Und immer allein unterwegs, nur mit ein paar Hunden und einer Herde Schafe!"

„Vielen geht es wie Ihnen – sie halten mich für einen Mann." Vorsichtig, als könnte sie sie zerbrechen, hebt sie die Tasse an den Mund. „Allein, sagen Sie... Meine Hunde, das glaube ich, verstehen, was ich ihnen sage. Nicht nur meine Kommandos, wenn es um die Schafe geht. Die fühlen sich auch für mich verantwortlich."

„Und Ihre Eltern?", fragt die alte Frau. „Waren die mit dieser Berufswahl einverstanden? Oder gehört denen die Herde?"

Die Junge lacht und lehnt sich zurück. „Tiere? Bei uns gab es außer einem Kanarienvogel und ein paar Fischen keine Tiere. Allerdings: mein Vater hat auch Schafe zu weiden – seine Gemeinde. Er ist Pastor. Also auch ein Hirte..." Sie lacht darüber.

Ergo kommt zu ihr, beschnuppert ihren Arm, ihren Nacken, dann lässt er sich neben der alten Frau ins Gras fallen.

Die Jüngere beginnt zu erzählen: „Meine Eltern hätten es gerne gesehen, wenn ich den Fußstapfen meines Vaters gefolgt wäre. – Aber nein!" Sie erhebt sich, um einen Blick auf ihre Tiere zu werfen. „Ich wollte frei, ohne Zwänge leben. Auch ohne

Menschen leben und ohne die feste Ordnung, die zu einem bürgerlichen Alltag gehört. Und erst recht nicht in den Zwängen einer Gemeinde. Die macht krank, glauben Sie mir." Sie nickt wissend. „Nach dem Abitur habe ich mich nach einer solchen Möglichkeit umgesehen, und ich habe sie gefunden. Ja, ich wollte weiden – aber keine Menschen, sondern Schafe. Alle hielten mich für verrückt, als ich mit meinem Plan herausrückte. Und sie waren überzeugt, dass ich nach wenigen Monaten die Flinte ins Korn werfen würde. Und jetzt", sie streichelt im Schoß ihre sonnenverbrannten Hände, „jetzt ziehe ich mit meiner Herde schon über drei Jahre durch die wunderbare Natur... Hier lebe ich... hier bin ich zufrieden, ja, glücklich. Ich habe die richtige Wahl getroffen."

„Und später einmal?", fragt die alte Frau. „Vielleicht heiraten... Und, sehen Sie mich an: man wird älter!"

Die Jüngere lacht: „Alles findet sich, wenn es so weit ist. Und dann, das glaube ich, dann werde ich auch wieder die richtige Entscheidung treffen."

Die alte Frau sieht sie fest an, als suche sie etwas in ihrem Gesicht, als müsste sie ein Geheimnis herausfinden. Ihr Zeigefinger umkreist den Tassenrand. Nach längerer Pause sagt sie: „Sie gefallen mir. Ich finde, Sie und ich, wir sind aus sehr ähnlichem Holz geschnitzt."

Die Jüngere lächelt dünn. „Aus demselben Holz?", fragt sie. Wie soll sie das verstehen. Sie möchte fragen, weiß aber nicht so recht, was. Schließlich erklärt die alte Frau:

„In meinem Leben gibt es Parallelen zu Ihrem Leben. Ich erkläre es Ihnen: Um zu begreifen, wie ich zu leben habe – dazu habe ich beinahe siebzig Jahre gebraucht. Denn es ist so: wie ein Leben eingerichtet werden soll – das bestimmen andere. Die Eltern, Geschwister, die Großeltern, die Lehrer, die Gesellschaft und viele mehr. Kurz: die Gemeinschaft, in die wir hineingeboren werden, die macht aus einem jungen Menschen, was er zu werden und zu sein hat. Es hat so zu sein, weil es immer so war. Darum ist es auch für dich richtig. Basta! – Mögen Sie noch Tee?"

Die Jüngere hält ihre Tasse über den Tisch.

„Und wir spielen mit, weil wir nicht ausbrechen können. Nein, weil wir zu feige sind. Früh schon werden wir auf eine berufliche, auch auf eine gesellschaftliche Richtung und Rolle festgelegt. ‚Du hast eine gute Art, mit Kindern umzugehen. Bestimmt wirst du einmal Erzieherin. Oder Lehrerin. Vielleicht sogar Kinderärztin. Und wenn du einmal eigene Kinder hast... Nein, was wirst du für eine Mutter sein!'

Fällt die Entscheidung anders aus, dann stürzt der Himmel ein. Damals jedenfalls, als meine Generation vor solchen Entscheidungen stand. Man lässt sich darauf ein. Warum auch nicht? Die Alten haben Erfahrung. Haben Weitblick. Sie kennen dich durch und durch. Wird schon richtig sein, was die sagen. Kann man denn Bewährtes einfach beiseite schieben? Soll man es?

Ich habe gehorcht. Wie viele. Wie die meisten. Ich habe studiert und bis zu meiner Pensionierung unterrichtet. Deutsch, Latein und Geschichte..."

Sie lehnt sich zurück, verschränkt ihre Arme hinter dem Kopf und blickt in den Himmel.

„Geheiratet habe ich auch, bin dreimal Mutter geworden... Die Verantwortlichen für mein Leben hätten zufrieden sein können, wenn sie es bis zu meiner Verabschiedung aus dem Beruf miterlebt hätten."

Die Jüngere reckt sich hin und wieder in die Höhe. Jetzt geht sie einige Schritte auf die Herde zu, pfeift den Hunden, wartet kurz und kehrt dann an ihren Platz zurück.

„Tja, aber was dann gekommen ist!" Die alte Frau lacht und schlägt mit der Hand auf das Tischchen, dass die Tassen klirren.

„Mein Mann ist schon seit Jahren tot. Die Kinder erwachsen, haben sich über die Welt verstreut... Denen allen habe ich ein Schnippchen geschlagen: den Kindern, den Freunden, den wenigen Kollegen, mit denen ich in Kontakt geblieben bin. Gute zwei Jahre habe ich als Pensionärin gelebt, dann fühlte ich mich plötzlich wie im lauen, ermüdenden und faden Badewasser. Um es kurz zu machen: Ich habe mir dieses Wohnmobil und den Ergo angeschafft, habe mein Haus samt Einrichtung verkauft, habe sogar verschenkt, was mir ans Herz gewachsen war... Das gab einen Skandal! Aber: Augen zu und durch! Das verständnislose Gerede meiner Kinder habe ich über mich ergehen lassen, habe geregelt, was geregelt werden musste und bin in die Welt hinausgezogen. Frei und ohne Bindung an Menschen oder irgendwelche Dinge." Sie schließt die Augen, schweigt. Dann: „Über den Balkan bin ich gefahren, in die Türkei... Was gab es da nicht alles zu erleben! – Zuletzt war ich bei den Kasachen. Bis nach Alma Ata bin ich gefahren. Denken Sie nur. Steppen und Wüsten, unvorstellbare Flüsse, groß wie Seen. Großer Gott! Manchmal ist mir, als träume ich das alles. Und das mit zweiundsiebzig Jahren! Stellen Sie sich das vor! Ein altes Weib lässt sich auf solche abenteuerliche Verrücktheiten ein."

Die Jüngere beugt sich vor, legt ihre Hand auf den Arm der alten Frau. „Ja, aber sie hocken nicht mehr in lauem Badewasser. Sie schwimmen jetzt... Sie schwimmen in einem klaren, in einem frischen, einem reißenden Fluss."

„Ja, ja, genau so ist es. Wie Recht Sie haben!" Dann mit leuchtenden Augen: „Sehen Sie, dass wir einander ähnlich sind? Sie gehen Ihren Weg direkt, Sie haben ihn sehr früh in Ihrem Leben gefunden. Ich habe Umwege machen müssen. Aber wir haben es gewagt! Man muss nur in sich hineinhorchen, sich selbst erkunden und ein wenig Mut aufbringen."

Sie beugt sich über ihren riesenhaften Hund. „Und dass es da draußen bis heute gut gegangen ist – das liegt auch an dir, Ergo."

Der Hund wedelt mit dem Schwanz, richtet sich halb auf, schnauft und lässt seinen Körper klatschend ins Gras zurückfallen.

„Nachher gehen wir zum Kloster. Mal sehen, Ergo, was es da zu entdecken gibt."

Wundersame Klärung
Im Lahntal

„So schön können Rathäuser aussehen! Dieses fällt auf vor Helligkeit. Und die Menge rotglühender Geranien vor den Fenstern. Ein Haus, das man nur mit freundlichen Augen ansehen kann. Ein Haus, das trübe Stimmung augenblicklich verwandelt. Unter Karl dem Großen soll an seiner Stelle eine kaiserliche Manse gewesen sein. Das muss man sich vorstellen!"

Mehr konnte ich nicht auf die Postkarte schreiben. Sie ist voll. Also werde ich sie zusammen mit einem ausführlicheren Brief versenden.

Ich bin auf die andere Seite der Lahn gegangen, die stille Seite, die dem Städtchen gegenüberliegt und bin eine bequeme Strecke unterhalb des Burgbergs hingewandert. Lahnaufwärts raste mit Getöse die Feuerwehr durch die Felder. Das schrille Geheul fuhr in die Glieder. Es war lange zu hören, und das Blaulicht konnte ich noch durch das Laub blinken sehen, als die Feuerwehr bereits in der Kurve unterhalb des Waldes hinter niederem Gestrüpp verschwunden war. Sie ist in Richtung Schleuse gefahren.

Jetzt sitze ich im Garten einer abgelegenen Gaststätte. Hier draußen bin ich der einzige Gast. Im Innern halten sich einige Menschen auf, ich höre ihre Stimmen.

Die Bedienung, ein kleiner mürrischer Mann, hat mir einen Krug Bier gebracht. Vor mir liegt die

Ansichtskarte mit dem prächtigen Rathaus und ein Bogen Papier, hier werde ich meinen Bericht an zu Hause fortsetzen und den Kindern erklären, dass das Wort „Manse" aus dem lateinischen Wort „mansio" gebildet worden ist, das so viel wie Herberge oder Nachtlager bedeutet.

Zwei Männer mittleren Alters kommen, sie setzen sich nicht weit von mir an die Hauswand. Lässig und auffällig der Blonde, der jüngere von beiden. Steif, aufrecht, offensichtlich darum bemüht, einen angenehmen Eindruck zu hinterlassen, der andere. Sein Haar ist schon schütter, brünett und von silbrigen Fäden durchzogen. Es sind gepflegte Männer. Aussehen und Wirkung, das ist mein Eindruck, scheinen beiden wichtig zu sein, nicht nur dem älteren. Stumm blicken sie in dieselbe Richtung. Fast mechanisch zündet der Blonde eine Zigarette an. Nachdem er einige Züge getan hat, sagt er:

„Du erwartest also, dass ich auf dieses lächerliche Gehabe eingehe?"

Der Brünette wird noch steifer. Leise, wie ein Bauchredner, der die Lippen nicht bewegt, sagt er: „Lächerliches Gehabe sagst du dazu? Deine schwer zu verstehenden Launen habe ich nicht *einmal* so abgetan. Ich habe mich bemüht, dich ernst zu nehmen. Hast du mich jemals ernst genommen?"

„Du willst Streit. Das, was du sagst, ist eine Anschuldigung."

„Die Wahrheit ist es. Ich sage dir meine Erfahrung mit dir."

Sie schweigen, weil die Bedienung mit den Getränken kommt: Bier für den Blonden, Mineralwasser für den Brünetten.

In diesem Augenblick kommt die Feuerwehr zurück, ebenso hastig und schrill wie eben.

Der Blonde reckt sich auf, um etwas sehen zu können.

„Wahrscheinlich ein Unfall. So etwas soll hier öfter vorkommen, habe ich gehört. Da weiß jemand nicht mehr aus noch ein und stürzt sich ins Wasser", sagt er grinsend, ohne sein Gegenüber anzusehen. Der antwortet nicht.

Der Blonde hebt sein Bierglas. „Komm, spring doch endlich hinter deiner Mauer hervor. Prost!"

Der andere zögert. „So wischst du jede Auseinandersetzung vom Tisch. Auch das ist der Beweis, dass du mich nicht ernst nimmst…"

Der Blonde entzündet eine neue Zigarette. „Dann maule wenigstens mit mir, weil ich so viel rauche. Ich ertrage es nur schwer, wenn du so bist."

„Ja, das ist es! Ich habe immer die Tapeten aufzuspannen, nach denen dir gerade der Sinn steht."

Scherzend bläst der Blonde ihm den Rauch ins Gesicht. „Du kannst verdammt hartnäckig sein! Das geht jetzt schon… Seit wann sind wir hier?"

„Seit vier Tagen."

„Gott! Vier Tage! Über eine halbe Woche ist mit dir nichts anzufangen. Und das soll ich noch drei Wochen…"

„Du brauchst es nicht länger zu ertragen, weil ich noch heute…", unterbricht ihn der Brünette. Was er heute noch vorhat, kann ich nicht verstehen. Er flüstert lange und eindringlich, und als er fertig ist, nippt er von seinem Selterswasser. Dann stellt er das Glas widerwillig, als hätte es etwas mit seinem Gegenüber zu tun, auf den Tisch zurück.

Was ihm gesagt wurde, das hat den Blonden aufgeregt. Er zischt, er geifert, er fuchtelt mit den Armen, ja, er setzt sogar den Oberkörper ein. Er ist so außer sich, dass er Bier verschüttet. Der Brünette schweigt. Er betrachtet den Blonden mit einem seltsamen Blick, der ihn noch mehr in Rage bringt. Zwischen seinem Gezischel nippt er hin und wieder von seinen Bier. Er ist so aufgebracht, dass er sich verschluckt und den letzten Schluck über den Tisch prustet.

Angewidert rückt der Brünette seinen Stuhl nach hinten.

Ich habe die Postkarte und den Bogen Briefpapier vor mir und heuchle Aufmerksamkeit für meine Schreiberei.

In der Tür taucht die Bedienung mit einer dicklichen Frau auf. Beide recken sich und spähen zur Schleuse, wo etwas geschehen sein muss, was nur von der Feuerwehr in Ordnung gebracht werden kann.

„Allmächtiger!", sagt die dickliche Frau. „Das ist in diesem Monat schon der zweite! Was geht bloß in solchen Menschen vor?"

Die Bedienung raunt etwas.

„Ach geh!", ruft die Frau entrüstet. „Dafür stürzt sich keiner ins Wasser... Würdest du dich deswegen umbringen?"

Für einen Moment vergessen die beiden Männer ihren Streit, sie hören zu. Der Blonde dreht sich so weit um, dass er die beiden in der Tür ansehen kann. Ihn interessiert, was an der Schleuse passiert ist.

Die dickliche Frau flüstert noch etwas mit der Bedienung, dann verschwinden beide.

„Ja, dann!" Der Blonde ist aufgestanden und trinkt sein Glas leer.

„Was...?" Fragend blickt der Brünette zu ihm auf.

„Was? Lass mich doch in Ruhe! Vier Tage, die reichen mir!" Entschlossen schiebt er seinen Stuhl unter den Tisch. „Ich gehe. Ich will allein sein, verstehst du. Ja, ich gehe!"

„Wohin?"

Seine Antwort ist ein verächtlich nach unten gezogener Mundwinkel. Kerzengerade, eine Hand in der Hosentasche, will der Blonde das Gartenlokal verlassen. An meinem Tisch ist er schon vorüber, da macht er kehrt und baut sich vor dem Brünetten auf und droht, dass ich und auch die Bedienung, die vor die Tür gekommen ist, es hören müssen: „Ich ertrage es nicht länger, dich bei mir zu haben. Jetzt ist der Zeitpunkt gekommen, dass ich gehe. Für das, was passieren wird, trägst du allein die Schuld! Nur du, weil ich keinen anderen Ausweg weiß..."

Zur Bekräftigung schlägt er die flache Hand auf den Tisch. Der Brünette war bemüht, ihn zu beruhigen, jetzt starrt er ihm entgeistert hinterher. Er zuckt etwas zusammen, als der Blonde gegen einen Tisch läuft, dass das scharrende Geräusch die Vögel in den Büschen verstummen lässt.

Ich zahle und gehe auch. Auf der Straße sehe ich, wie der Blonde zielstrebig in Richtung der Schleuse hastet.

Ob die Feuerwehr heute noch einmal ausrücken muss? geht es mir durch den Kopf.

Ich bin ihm nicht gefolgt, ich bin zur Burgruine aufgestiegen. Sogar bis auf den Wehrkranz des Bergfrieds. Außer mir ist niemand hier. Krähen umkreisen mich, manchmal auch Mauersegler. Unter mir die Stadt jenseits der Lahn, voller Betriebsamkeit, voller Lärm, den ich hören kann.

Im Osten, wo der Fluss einen scharfen Knick nach Süden macht, die Schleuse. Viel ist nicht zu sehen, sagen wir einmal: nicht mehr als ein Strich über dem Wasser.

Lahnabwärts rückt die Sonne auf den Horizont. Ich werde den Heimweg antreten.

Im Wald, der den Burgberg bedeckt, ist es kühl. Es riecht nach Erde, nach Fäulnis, manchmal nach stinkenden Pilzen.

Merkwürdig, der Blonde – was hat es mit seinem Auftritt, seinem Fortlaufen auf sich? Ob er wirklich...?

Es ist Abend geworden in der Stadt. Die Straßencafés sind übervoll, sie haben sich auf lange Nächte eingerichtet. Bunte Lampen schaukeln über den Terrassen, Musik erklingt.

Hinter einem Blumenspalier sehe ich die beiden aus dem Gartenlokal wieder. Einträchtig und fröhlich trinken der Blonde und der Brünette ihren Wein. Sie scherzen und lachen. Wie übermütig sie sind! Der Blonde legt wahrhaftig seine Hand auf die Wange des anderen und tätschelt sie.

Ich bin sprachlos. Wie ist das zu verstehen? Das Durcheinander meiner Gedanken vorhin... Nein, was ist mir bei meinem einsamen Spaziergang zur Burg nicht alles durch den Kopf geschossen!

Einen Augenblick reitet mich der Teufel: Am Tisch vor ihnen ist noch Platz! Wenn ich wie zufällig...

Ich lasse es bleiben. Mich wundernd, gehe ich ins Gasthaus auf der anderen Straßenseite.

Rückblenden
Soest

Der Maler kann sich Zeit lassen. Ringsum Schönwetterwolken – auch heute wird es beständig, wird es hochsommerlich bleiben. Dann hat er am Abend alles Wesentliche auf der Leinwand. Vielleicht wird das Bild sogar vollendet sein!

Zunächst legt er die Utensilien auf die Bank unter der Weide, die halb im Wasser steht. Mit beschatteten, zusammengekniffenen Augen prüft er sein Motiv: Die Mühle am großen Teich, dahinter, wie auf einem Hügel – zwischen Bäumen und Büschen die Kirche Maria zur Wiese.

Das Helle ihres Inneren wird er zeigen, Ehrfurcht und Ergriffenheit, zu der die Größe zwingt – das will er wie das Lächeln auf einem Gesicht aufscheinen lassen. Er wird die Seele dieser Kirche malen.

Dazu hat er den gestrigen Vormittag in der Kirche zugebracht.

Der Platz für die Staffelei ist gefunden, und bedächtig bereitet er das Notwendige vor. Dabei wirft er immer einen Blick auf sein Motiv, als müsste er sich einbrennen, was er sieht.

Er ist so weit, es kann skizziert werden. Der Klappstuhl neben ihm ist mit Flaschen und Farben, mit Lappen, Pinseln, mit Palettensteckern und Malspachteln bepackt. Links neben der Staffelei ein kleines Tischchen mit dem Malkasten und der Palette.

Leute, die vorübergehen, kennen das. Hin und wieder wagt sich einer zu ihm, betrachtet still die Arbeit, geht dann weiter.

Teichhühnchen steigen aus dem Wasser, ein paar Enten trauen sich vor, erwarten Futter.

Mit schnellen, wuchtigen Strichen ist der Maler bei der Arbeit. Das Bild hat Gestalt angenommen und lockt mehr Neugierige an. Als die Kirchen der Stadt die zweite Tageshälfte einläuten, ist die grobe, die flächige Arbeit getan. Der Maler ist zufrieden.

Bevor er sich der Feinheiten annimmt, wird er eine Verschnauf- und Essenspause einlegen.

Die Bank im Schatten der Weide, nahe beim Wasser – das ist ein passender Platz.

Aus der Thermoskanne dampft der Kaffee, ein guter Geruch, ein Geruch, der Klarheit in die Sinne bringt. Danach wird er sich wieder vom Farb- und Terpentingeruch beflügeln lassen!

Über die Wiese kommt eine uralte, eine sehr krumme Frau. Sie kommt geradeswegs auf die Bank zu. Trotz der Wärme trägt sie einen dünnen Mantel, der vorne fast auf dem Boden schleift. Den Kopf hat sie nach Art der Türkinnen in ein Kopftuch gewickelt, das nur das Gesicht freigibt, und im Arm trägt sie, als sei es eine Kostbarkeit, einen Schuhkarton. Ohne etwas zu sagen, setzt sie sich an den äußersten Rand der Bank und schaut aufs Wasser. Einmal seufzt sie laut, und sofort wendet sie sich ab, als schäme sie sich dafür.

„Das ist ein schöner Tag heute", fängt der Maler ein Gespräch an.

Die Frau nickt und seufzt wieder.

Er wartet. Aber die Frau bleibt stumm. Wenn er sie anschaut, dreht sie ihr Gesicht zur anderen Seite.

„Sie haben wundervolle Kirchen in dieser Stadt", sagt der Maler. „So alte Kirchen! Eine schöner als die andere…"

„Ja, ja", sagt die alte Frau abwesend, und zögerlich nimmt sie den Deckel von der Schachtel.

Der Maler sieht, dass sie angefüllt ist mit Fotographien. So voll, dass einige auf den Boden fallen.

Mit Mühe hebt sie sie auf, wischt mit dem Handrücken darüber und legt sie neben sich auf die Bank.

Plötzlich sagt sie: „Das ist alles, was mir geblieben ist… Das hier." Sie hebt ein paar Fotos in die Höhe. „Bilder und Erinnerungen… Vor allem Erinnerungen."

„Das sind aber viele Bilder, die Sie da haben", sagt der Maler.

Die Alte rückt näher an ihn heran. „Mehr hab ich nicht… Aber Erinnerungen, viele, viele, ja…"

Ihre Hand wühlt in der Schachtel. „Hier!" Mit krummem Finger tippt sie auf ein Foto. „Mein Mann. Tot. Wie lange schon? Gott, ich weiß es nicht mehr. Lange, lange… Ist aufs Land gefahren. Mit dem Moped. Wollte ein paar Hühner kaufen. Dann standen zwei Polizisten vor der Tür. Ins Krankenhaus sollte ich mit ihnen fahren."

Sie nickt vor sich hin. „Man weiß doch, was das bedeutet. Was passiert ist, das spürt man. Die brauchen nichts zu sagen."

„Aber Sie sind doch gefahren?"

Die Alte schüttelt den Kopf. „Wozu? Sie bringen ihn auch so nach Hause. Ohne meine Begleitung. Was soll unsereins denn dazwischen? So aus dem Gleichgewicht, wie man ist. Da ist unsereins nur lästig. Man stört bloß."

Die Alte hält das Foto dicht vor ihr Gesicht. Sie sieht wohl schlecht. Sie murmelt etwas, dreht es und steckt es in die Manteltasche.

„Und das hier", sie kramt in den Fotos. „Hier, meine Kinder."

Drei Mädchen, ein Junge, alle hintereinander aufgestellt, die Hände auf den Schultern des Vorderen. Der Junge ist am kleinsten, er steht vorne mit säuerlichem, ängstlichem Gesicht. Die Alte tippt auf die ersten drei. „Auch tot, lange, lange. Nur die nicht." Ihr Finger piekt auf die Hinterste, die Größte. „Die lebt."

„Da haben Sie ein schweres Leben hinter sich", sagt der Maler, dem nichts Besseres einfällt. „Wie gut für Sie, dass Sie noch die älteste Tochter…"

„Ach!", fährt die Alte auf und winkt ab. „Tot sein oder leben – wo ist der Unterschied? Wenn einer tot ist, dann kommst du früher oder später zur Ruhe."

Lange betrachtet sie das Bild, und der Maler sieht, dass ihre Wangen dabei feucht geworden sind, nur ganz wenig. In den Runzeln hängen ein paar Tränen, die die Alte mit dem Ärmel abwischt. „Es gibt Schlimmeres, als jemanden zum Friedhof zu tragen. Viel Schlimmeres!", murmelt sie gegen die Fotos in ihrem Schoß. „Da weiß man überhaupt nicht mehr, wer denn gestorben ist: Ist sie gestorben oder hat sie mich sterben lassen…" Sie schluchzt auf und wischt wieder über ihr Gesicht. Als sie sich beruhigt hat, sagt sie: „Den Kopf voller Erinnerungen, und die Schachtel voll mit Fotos – mehr bleibt einem nicht, wenn man alt geworden ist. Aber die Fotos sind besser als Erinnerungen. Die tun auf eine andere Weise weh. Dann packt man sie in die Schachtel und vergisst sie. Aber die Erinnerungen, die schleppt man Tag für Tag alle Stunden mit sich herum! Manchmal mach ich es so wie heute: Ich ziehe mit der Schachtel nach draußen, dahin, wo es schön ist, und da lasse ich alles über mich kommen. Alles. Und heute", sie dreht wieder ihren Kopf etwas zur Seite, „heute haben Sie mir ein wenig davon abgenommen."

Sie ist aufgestanden und weiß nicht, wie sie sich von dem Mann verabschieden soll.

Der sagt schnell und reicht ihr die Hand: „Leben Sie wohl. Leben Sie wohl mit all Ihren Erinnerungen und mit dem da…", er deutet auf den Karton. „Vielleicht treffen wir wieder einmal zusammen."

Darüber muss die Alte lachen. Sie lacht noch, während sie auf den Weg zurückgeht.

Auf einigen Partien des Bildes ist die Farbe zu einer dünnen Haut geworden. Das ist die Wärme und die lange Pause, denkt der Maler. Ich muss zügiger arbeiten, vor allem da, wo es ums Vermischen geht. Vielleicht führe ich die letzten Arbeiten zu Hause aus. Außerdem will sich der rechte Schwung nicht mehr einstellen. Ja, einpacken und nach Hause fahren und es da vollenden.

Die Zugvögel
Stralsund

Wo die Sonne hinlangt, trocknen die Pfützen. Ein ruppiger Ostwind jagt die Wolken, dass sie aussehen, als würden sie von Kirchtürmen und Häusergiebeln geharkt. Nur wenige Menschen sind unterwegs, krumm gegen den Wind, der ihnen ins Gesicht bläst. Ein paar maushafte Vietnamesen, Schmuggelgut unterm Arm, huschen zwischen ihnen hindurch oder an den Mauern entlang, immer wachsam, immer bereit unterzutauchen.

Über den Marktplatz hasten vier Männer. Ihre Jacken und Mäntel aufgebläht und flatternd, Mütze oder Hut bis auf die Augenbrauen gezogen. Alle tragen Instrumente, der jüngste von ihnen, der vorausläuft, trägt Futterale mit Blasinstrumenten, einer hat eine Violine bei sich, der dritte ein Cello und der letzte, er ist von allen der größte, einen Kontrabass. Er hat Mühe, mit den anderen Schritt zu halten.

Heute hat keiner ein Auge für die filigrane Backsteinfront des Rathauses, das mit seinen Türmchen und sechs Giebelchen wie eine Laubsägearbeit aussieht. An Tagen wie diesem wirkt die Fassade abweisend. Abweisend auch der klotzige Turm der Nikolaikirche.

Unter den Bögen der Rathausfassade sammeln sie sich und lachen. Es sind Männer, die fast alle die Lebensmitte schon überschritten haben. Der Jüngste zählt vielleicht gut zwanzig Jahre. Ihre

Kleidung ist ordentlich, aber es ist Billigware. Das lässt sie auffallen. Sie unterhalten sich in einer unverständlichen Sprache. Hin und wieder sieht einer auf die Uhr, sagt etwas, was die anderen mit Schulterzucken, mit Lachen oder einem unverständlichen Wortfetzen beantworten.

Die Männer warten.

Der Bassist schlägt vor, in die Nikolaikirche zu gehen. Die anderen sind einverstanden und folgen ihm.

Sie kennen die Kirche. Hier sitzen sie oft. Denn Lydia ist meistens unpünktlich.

„Frauen sind alle unpünktlich", sagt der mit dem Kontrabass. „Wären sie pünktlich, dann hätten sie weniger Reiz und du würdest um schöne Augenblicke gebracht."

Lydia wird in die Kirche kommen, sie weiß, wo sie nach den vier Männern suchen muss.

Früher, am Anfang ihrer gemeinsamen Zeit, sind sie in der Kirche umhergewandert, haben vor den uralten Wandmalereien gestanden, vor den spätgotischen Altären, auch vor den Grabsteinen, die überall in der Kirche zu sehen sind, haben das geschnitzte Gestühl bewundert… Das machen sie schon lange nicht mehr. Jetzt sitzen sie stumm in der Bank und sinnieren vor sich hin und warten.

Dann kommt Lydia. Rothaarig ist sie und wie immer ein wenig zu üppig geschminkt. Der wallende, schwingende Pelzmantel macht sie würdig und Achtung gebietend, sodass man ihr respektvoll

Platz macht. Sie kommt von hinten aus dem Dämmerlicht, die Männer erkennen sie am Schritt.

Sie flüstert: „War die Bedienung noch nicht mit dem heißen Kaffee hier?"

Auch ihre Scherze kennen die Männer, denn keiner lacht.

Lydia umarmt einen nach dem anderen und deutet einen Wangenkuss an, und auch jetzt tut sie wieder, als wäre sie abgehetzt und ein wenig außer Puste.

Der Bassist meint: „Hat es überhaupt einen Sinn, da draußen herumzustehen? Bei dem Hundewetter?"

„Hast du keine Lust mehr?", fragt Lydia. „Was soll ich denn sagen? Das bisschen Wind! Was meinst du, weshalb wir hier sind?" Sie klopft ihm auf die Schulter. „Wir werden sie locken!", sagt sie. „Die Menschen kommen, wenn sie uns hören."

Der glatzköpfige Violinenspieler klagt: „Wenn das mein Leben sein soll, dann hänge ich mich auf. Jeden Frühling dasselbe: Ab in den Süden. Aber nicht dahin, wo es warm und sonnig ist. Nimm deine Fidel und schaffe Geld heran! – Freunde, wir sind Philharmoniker, Musiker vom Staatsorchester Tallinn. Und jetzt? Elende Straßenmusikanten! Bettler sind wir geworden! Das ist nicht das, was ich erhofft habe, nein! Dass es einmal so enden wird…"

Der Cellist nickt müde, aber keiner steht auf. Alle vier blicken mit traurigen Augen zu Lydia auf, die ihnen aufmunternd zulächelt, die heute mehr Energie und Unternehmungslust zeigt als sonst. Sie erwidert: „Was du nur redest! Hast du vergessen, dass Philharmoniker, dass Leute aus deinem Orchester zu Hause die Straße kehren? Dass andere den Leuten die Kohlen ins Haus schleppen. Hast du die vergessen, die in Parks oder vor der Haustür herumlungern, Peteris, die nicht eine Kopeke verdienen? Du darfst tun, was du gelernt hast, und was dir immer noch Spaß macht. Und da sprichst du Idiot vom Aufhängen! Willst deiner Frau eine ganz besondere Freude machen, ja? Soll sie doch zusehen, wie sie mit den Kindern durchkommt. Ihr Mann ist zu schade für diese Welt. Der Herr Musiker aus dem Staatsorchester hat sich aufgehängt, weil er eine weiche Seele hat und das bisschen Wind und Frost nicht verträgt! Wärst gerne zu Hause bei deiner Frau, was? In der warmen Stube, was? Geht aber nicht. Deine Frau will essen und deine Kinder auch. In fünf, sechs Monaten bist du wieder bei ihnen. Mit Geld, Peteris. Mit gutem Geld, nicht mit wertlosen Papierfetzen! Und damit, Peteris, lebt es sich doch ganz ordentlich, oder? Lebst besser als die meisten zu Hause! – Aufhängen, nein, so was!"

Sie sieht Peteris scharf an. Dann, mit übertriebener Begeisterung: „Das Programm ist klar? Jungens, das ist doch ein herrliches Programm. Wundervoll! Und ich... Ich bin heute gut in Form. Gebt euch endlich mal einen Tritt!"

„Ja, denn..." Der Jüngste, der Flötist, schüttelt seine Haare aus dem Gesicht und steht als erster auf. Im Gänsemarsch kommen die anderen nach. Angeführt von Lydia, ziehen die Musiker unter die Bögen des Rathauses.

Notenständer werden aufgestellt, die Noten mit Wäscheklammern festgeklemmt, die Instrumente ausgepackt und gestimmt. Währenddessen stellt Lydia eine große, rot leuchtende Glasschale auf den Boden, in die sie ein paar größere Geldstücke legt.

Ja, man kennt sie, die estnischen Musiker. Vor allem kennt man Lydia, die Sängerin.

„Na, wieder da?", ruft jemand.

„Ja, ja, wieder da!", lacht der Bassist, der von allen am besten Deutsch spricht.

Lydia stellt sich in den Hintergrund, ganz versteckt in ihrem fürstlichen Pelzmantel.

Mit der Ouvertüre zu „Wilhelm Tell" beginnen sie. Die zieht immer Menschen an. Auch jene, die sonst bei klassischer Musik gleichgültig bleiben. Flotte, mitreißende Musik zum Beginn, die lockt nicht nur Menschen herbei, die macht sie auch willig, etwas in Lydias rot leuchtende Glasschale zu legen. Die meisten lassen sich anstecken, wippen rhythmisch und applaudieren begeistert.

Der Bassist, sein Instrument an die Hauswand lehnend, tritt vor. Groß und athletisch steht er vor den anderen, als müsste er sie vor etwas beschützen.

„Danke, danke!", sagt er. „Es macht Peteris Freude, wenn es euch gefallen hat." Der untersetzte Peteris zieht die Mütze vom Kopf, zeigt seine Glatze und verneigt sich. „Peteris mit Violine ist Kommandant. Wir müssen tun, was Peteris will."

Der Bassist zeigt auf den Flötisten. „Kristjan ist traurige und fröhliche Seele bei Musik. Manchmal seine Musik geht bis an Himmel, wie Vogel Lerche." Kristjan, der dünne, der jüngste von allen, macht eine tiefe Verbeugung, dass seine langen Haare wie ein Schleier nach vorne fallen.

„Bleibt noch Jakov mit Cello und ich mit Bass. Jakov lässt Leute weinen vor Freude, macht Sehnsucht groß... Sie werden sehen. Und ich, Juhan", mit flacher Hand klatscht er sich auf die Brust, „mein Bass ist Ackererde für Musik. Darauf wächst und blüht schönste Blume."

Wie verabredet verneigen sich die beiden. Der bärtige, struppige Jakov verneigt sich so tief, dass er in sein Cello hineinhorchen kann.

Die Zuhörerschar ist größer geworden. Niemand klatscht. Sie kennen diese Gruppe und warten. Und Juhan lässt sie warten. Er tritt an seinen Platz zurück. Dann kommt er rasch wieder nach vorne, legt einen Finger auf die Lippen, als dächte er nach oder gebiete Ruhe.

„Perle von Musik", sagt er lachend, „Perle ist Gesang. Gesang von Frau. Gesang von schöner Frau. Perle ist großer Sopran Lydia Bakkalauskas!"

Applaus, Rufe und Gejohle. Und langsam, sich unter dem fürstlichen Pelz wiegend, tritt Lydia vor. Wie sie strahlt! Wie aufrecht sie steht! Lydia legt den Rotschopf in den Nacken und lässt trotz der Kälte den Mantel etwas von den Schultern gleiten.

Bedächtig, beide Hände vor der Brust, knickt sie schließlich ein.

Als Lydia sich wieder in den Hintergrund zurückzieht, taucht hinter der Menge ein ganz in Leder gekleideter, hagerer und alle überragender Mann auf. Die lederne Schirmmütze hat er ins Gesicht gezogen.

Lydia tritt auf, singt eine Arie, geht zurück und hört zu, wenn die Musiker spielen. Sie beginnt mit Barockem, lässt Orfeo klagen, danach Carmen und Dalila verführen und zündet zum Schluss ein Feuerwerk an Koloraturen mit Rossini.

Lydia versteht es, ihre Zuhörer zu begeistern. Sie verausgabt sich, meinen manche.

„Was für eine Stimme! Wie die das bei dem Wetter aushält!", staunt ein Mann ganz vorne.

Lydias Gesang wird wie erwartet reichlich belohnt. Hartes Geld und sogar Scheine liegen in der rot leuchtenden Glasschale.

Der Ledergekleidete ist auf die Seite gegangen, Lydia steht bei ihm. Heute hat sie nicht geknickst und Kusshand geworfen, wie sie es immer tut. Sie hat auch keine Zugabe gegeben.

Lydia steht neben dem fremden Menschen und bespricht sich mit ihm, leise und eindringlich und ein wenig aufgeregt.

Den Musikern schlägt sie vor, erst einmal in die Kirche zu gehen.

Der fremde Mensch geht mit, er geht neben Lydia, die die leuchtende Glasschale mit dem Geld trägt.

„Setzt euch", befiehlt sie. Die Schale stellt sie vor sich auf die Bank. „Ich muss euch etwas sagen, etwas beichten."

Lydia überlegt, wie soll sie beginnen? Draußen hat sie den Pelzkragen zurückgeschlagen, hier zieht sie ihn bis an die Nase. Der Fremde nickt ihr aufmunternd zu.

„Es ist so: Wir müssen uns trennen, Jungens. Ich muss euch verlassen. Das war mein letzter Auftritt als Straßensängerin. Von jetzt an müsst ihr zusehen, wie es ohne mich weitergeht. Tut mir leid, sehr leid… aber mir ist ein großer Stern in den Schoß gefallen, ein sehr großer Stern! Ich fahre nach Hamburg, da soll ich vorsingen, wieder für die Oper. Vielleicht bekomme ich einen Vertrag. Jungens, stellt euch das vor: die Oper in Hamburg!"

Nickend bestätigt der Fremde, dass alles, was Lydia sagt, seine Richtigkeit hat, die vor lauter Aufregung ihren Pelzmantel auf- und zuknöpft und ihr Gesicht im Kragen versteckt. Als sie sich gefangen hat, gibt sie ihr Gesicht frei und lässt ihre Jungens sehen, wie kreidebleich und elend es plötzlich geworden ist.

„Ihr habt ein Recht, Jungens, zu wissen, wie es dazu gekommen ist. Es war vorigen Sommer auf einer Hochzeit… In Schwerin. Erinnert ihr euch an Schwerin? Da hat mich ein Bankier eingeladen, auf der Hochzeit seiner Tochter zu singen. Unter den Gästen war auch Herr Brandis, der nahm mich beiseite und meinte, eine solche Stimme gehöre auf die Bühne." Lydia legt ihre Hand auf den Arm des

Fremden. "Der Herr Brandis arbeitet an der Oper in Hamburg. ‚Mal sehen, was sich machen lässt', hat er gesagt. ‚Ich kann nichts versprechen. Aber ich will's versuchen!' Ja, seht ihr, und heute ist er gekommen, weil er etwas für mich machen konnte. Der Herr Brandis wird mich nach Hamburg mitnehmen. Heute schon. Nach Hamburg...", lacht Lydia gequält und gleichzeitig werden ihre Augen feucht.

"Ich habe meinen Mund gehalten, weil die Sache ja noch in der Luft hing. Warum sollte ich davon sprechen? Warum Unruhe machen? Ich dachte, wenn es so weit ist, dann ist es früh genug, dass ich beichte." Lydia sprudelt das alles heraus. "Glaubt mir, mein Herz ist schwer. Mir ist sogar richtig schlecht. Die Zeit mit euch war eine gute Zeit für mich, eine wundervolle Zeit!" Sie betupft ihre Augen. "Bitte, bitte...", klagt sie und schluchzt. "Vielleicht werden wir uns später... Jungens, ihr seid so großartig, ihr kommt auch ohne mich gut über die Runden... Ganz bestimmt wird euch ein Mensch wie Herr Brandis über den Weg laufen... Bei eurem Können!" Der Fremde tätschelt Lydias Arm. "Und das Geld von heute", sie versucht zu lächeln, "das gehört alles euch..."

Der Fremde nickt wieder und legt noch einen sehr großen Schein in die leuchtende Glasschale.

Den vier Männern fällt nicht ein, was sie ihr darauf sagen sollten. Hält man nicht besser seinen Mund, wenn Lydia ihr Glück wagt? Mit düsteren

Gesichtern haben sie zugehört, ohne Widerspruch, ohne Bedauern, ohne Klagen.

„Der Vogel, der singen muss, muss auch ziehen", sagt der Bassist schließlich, worauf Lydia ihn dankbar und stürmisch umarmt. Und wieder bricht sie in Tränen aus und kann sich nicht beruhigen.

„Ich muss weg", jammert sie, und ihren Kopf an seine Schulter lehnend: „Gott, mir ist so schlecht…"

Wie eine Mutter streicht sie dem jungen Kristjan über das lange Haar, umarmt und küsst ihn ungestüm, dann rennt sie aus der Kirche.

„Ich wünsche Ihnen viel Glück", sagt der Fremde zu den Musikern und folgt ihr. Ehe er die Tür erreicht, ruft er in die hallende Kirche und dabei nimmt er wenig Rücksicht auf die Menschen, die andächtig in den Bänken sitzen: „Machen Sie es wie Lydia: Gehen Sie in den Westen, da haben Sie andere Chancen als hier, bessere…!"

Niedergeschlagen sehen die Männer ihm nach. Kristjan kaut seine Unterlippe, dann hebt er resigniert eine Schulter.

„Und nun?", fragt er. „Was tun wir?"

„Na, wir gehen auch", brummt Jakov, der Cellist.

„Nach Hause?"

„Bist du verrückt? Was wollen wir da? Kohlen in den dritten oder vierten Stock schleppen? Straßen kehren? Den Müll wegschaffen?"

„Unter die Bögen?", fragt Kristjan.

„Wohin denn sonst? Also: An die Arbeit!"

„Es muss doch sein." Peteris klemmt seinen Geigenkasten unter den Arm. „Lydia hat uns vorhin eine schöne Standpauke gehalten. Nehmen wir sie ernst!"

Juhan, der gebückt unter seinem Kontrabass der Kirchentür entgegenschlurft, ermuntert die anderen: „Ja, Jungens, dann versuchen wir es einmal ohne sie."

Unlustig und wie stumpfsinnig verlassen die Musiker die Kirche, in der es plötzlich kalt geworden ist. So empfinden sie.

Der Gunstbeweis
Mühlhausen

Heute ist Markt in der Oberstadt, Markt ohne Leben. Nur wenige Menschen trotten von Schatten zu Schatten. Andere flüchten zu einer kurzen Abkühlung in das imposante Postgebäude, um sich danach wieder in die Gluthitze zu wagen.

Gelangweilt und müde stehen die Verkäufer hinter den Ständen ihre Zeit ab. Kaum einer lockt und wirbt.

In den schattigen Straßen ist es anders. Da ist Gedränge und Lärm und Interesse an dem, was zu kaufen oder anzusehen ist.

Die junge Frau, gut zwanzig Jahre, tritt aus dem Gasthaus. Hitze und Licht zwingen sie, einen Moment stehen zu bleiben. Sofort brennt die Sonne auf den nackten Schultern, brennt auf Arme, an den Beinen. Sie zieht die Sonnenbrille von der Stirn vor die Augen. Unschlüssig sieht sie in den Steinweg, dann entschließt sie sich, über den Markt zu gehen.

Der Markt ist noch menschenleerer geworden. Eine alte Frau schiebt einen quietschenden alten Kinderwagen durch die Reihen und sammelt leere Obstkisten. Auch manches andere sammelt sie ein, was sich nicht mehr verkaufen lässt.

Ein Blumenverkäufer zieht eine langstielige Rose aus dem Eimer.

„Für dich!" Er streckt ihr die Rose hin.

Verdutzt, zögernd ist die Alte stehen geblieben. Will er sie an der Nase herumführen?

„Für dich, Muttchen!", ruft der Mann. „Hier. Nimm!"

Die Alte nimmt die Rose, riecht daran und lacht ungläubig. Mit einem wackeligen Knicks bedankt sie sich.

Aus dem Schatten des Posteingangs hat die junge Frau zugesehen.

Quer über den Marktplatz taumelt ein junger Mann: blond und hübsch. Hochaufgeschossen ist er. Braune Arme, braunes Gesicht, die Beine bis zur knappen kurzen Hose noch dunkler als Arme und Gesicht.

Er hat sie in der Tür entdeckt. Mit einer Hand beschattet er die Augen, um besser sehen zu können. Es sieht aus, als wollte er winken. Schnell flüchtet die Frau in den Steinweg. Zwischen den vielen Menschen ist sie augenblicklich verschwunden, er wird sie nicht entdecken.

Irgendwann ist sie abgebogen. In Gedanken spaziert sie die Ratsstraße zum Gewölbebogen hinunter.

Und da, mitten auf der Straße, unter dem Bogen, steht der blonde Mann. Die Hände auf dem Rücken, grinst er sie an. Er gibt sich Mühe, ruhig und gerade zu stehen. Auch die Frau ist stehen geblieben. Sie möchte umkehren. Sie hat sich einen Ruck gegeben, richtet sich auf und geht auf ihn zu.

„Hallo!" Sein leicht schiefes Grinsen, mit dem er ihr entgegensah, ist verschwunden, er ist rot geworden. „Gut, dass ich dich wieder treffe. Danke!"

„Danke? Wofür?"

„Ich sagte es doch."

„Du verfolgst mich", sagt die Frau. „Lass mich gehen. Was willst du?"

Er sieht an sich herunter und schüttelt den Kopf. „Entschuldige, bitte... Ich bin nicht so ganz klar..."

„Ja, das sehe ich." Sie hat die Sonnenbrille auf die Stirn geschoben.

„Für dich." Verlegen streckt er ihr eine Rose hin. „Nur vom Markt, nichts Besonderes", erklärt er und blickt weg.

Die Frau lacht kurz auf und macht eine abwehrende Bewegung.

„Ich habe dich schon im Gasthof gesehen... Seitdem...", stottert er.

„Was ist seitdem?"

Er macht ein ratloses Gesicht, lässt die Arme hängen, weil er nicht weiß, was er anfangen soll, damit sie die Rose nimmt.

Er wagt es noch einmal mit der Blume. „Bitte", flüstert er.

„Ja, wenn das so ist..." Entschieden nimmt sie sie an sich, riecht daran und schaut ihm amüsiert, herausfordernd in die Augen, dann lacht sie laut auf. Sie lacht so unverschämt, als wollte sie sich nicht mehr einkriegen.

„Wenn du wüsstest... Ich wollte mit dir sprechen. Wenigstens einen Satz. Deine Stimme wollte ich hören." Immer noch stottert er leise.

Jetzt lacht die Frau nicht mehr. Mit ernstem Gesicht besieht sie die Rose, riecht aber nicht daran. Der Mann blickt betreten auf seine Schuhe.

Endlich sagt die Frau: „Ich muss fahren..."

„Fahren? Du bist nicht aus Mühlhausen?"

„Nein, nicht aus Mühlhausen."

„Darf ich fragen, woher du kommst?"

„Warum willst du das wissen?" Die Blume an ihr Gesicht hebend, sagt sie: „Damit du zufrieden bist: ich bin aus Eschwege. Und bis dahin ist es noch ein Stück."

Sein Gesicht wird hell. Mit einem Schlage ist der Mann verändert, er wird geradezu eifrig, sodass er wieder ein wenig aus dem Gleichgewicht gerät.

„Dann fährst du über Eigenrieden. Ich wohne bis zum Wochenende bei meinen Eltern in Eigenrieden. Es wäre großartig, wenn du mich bis dahin..."

Die Frau tut, als zögere sie. Vorsichtig sagt sie: „Du bist nicht ganz nüchtern."

„Bedenken?"

„Ja, hab' ich. Angetrunkene Männer..."

„Verstehe. Nun, wenn nichts zu machen ist... Aber vielleicht können wir uns wiedersehen"

„Einen leicht beduselten, liebestollen Kater?"

„Bitte, zieh mich nicht auf. Es ist mein Ernst."

„Gut. Dann darfst du mich bis zu meinem Wagen begleiten."

„Danke, danke!"

Sie müssen durch die Altstadt. Ihr Wagen, sagt sie, parke draußen bei der Stadtmauer. Sie wählen den Rückweg so, dass sie immer Schatten haben. An der Blasiuskirche sagt der Mann: „Diese Orgel möchte ich einmal spielen."

„Spielen? Kannst du denn so etwas?"

„Mein Beruf", raunt er.

Verblüfft geht sie einen Schritt zur Seite, um ihn besser ansehen, ihn prüfen zu können.

„In dieser Kirche hat Bach etwa ein Jahr lang als Organist gewirkt. – Bach!", sagt er mit Nachdruck. „Hier an dieser Orgel!"

Die Frau geht nicht auf Bach ein. Sie neckt ihn: „Da bin ich aber platt wie eine Flunder! Ein angesäuselter Orgelspieler, der für Bach zu schwärmen scheint."

Er lacht. „Dass ich leicht bedusselt bin, das hat seinen Grund…"

„Klar, einen Grund hat jeder."

„Nein, nein! Weißt du, wir haben Abschied gefeiert. Von gestern Abend bis in den Morgen. Mein Freund ist beim Militär. Hat vor Monaten eine Sonderausbildung für Afghanistan gemacht. Und jetzt ist es ernst für ihn geworden."

„So?"

„Noch einige Wochen in irgendeiner Kaserne, dann heißt es: Deutschland – ade! Afghanistan erwartet dich!" Er fasst sich an den Kopf. „Das muss man sich vorstellen! Das Klima da unten! Dieses zerschossene Land! Die Armut! Und die Gefahren, die hinter jedem Sandhaufen lauern."

„Und seine Familie? Seine Frau?"
„Hat er nicht. Ist ledig. Noch zu haben, wie…"
„Wir sind da. Danke für deine Begleitung."
Er hebt die Schultern, nickt. „Mir war es eine Freude."
Als sie den Wagen aufgeschlossen hat, reicht er ihr die Hand. „Danke, dass ich mit dir gehen durfte. Danke."
„Es war lustig mit dir, wirklich. Was du für ein drolliger Mensch bist! Von deiner Sorte gibt es nicht viele, glaube ich. Wenn ich über Eigenrieden fahre – warum soll ich dich nicht bis dahin mitnehmen?"
„Hast du keine Bedenken, weil ich doch leicht beschickert bin? Ich kann auch den Bus nehmen. Wenn's sein muss, bis Eigenrieden kann ich auch laufen…"
„Nun lass mal die Kirche im Dorf. Komm. Steig ein!"
Als er neben ihr sitzt, piekt sie ihn mit dem Schlüssel. „Da sind wir fast eine Stunde zusammen, und ich weiß nicht einmal deinen Namen."
Er lacht: „Burkhard heiße ich. Burkhard, der Tapfere."
„Der Tapfere… Ein schöner Name, gefällt mir. Der Tapfere. Und ich… ich heiße Fränzi."
„Fränzi? Das ist kein richtiger Name! Fränzi – das könnte von Franziska herkommen."
„Ja, kommt er auch."
„Meine Oma hieß auch so", sagt der junge Mann. „Franziska. Meine Oma hab ich sehr gemocht."

„Die meisten jungen Menschen mögen ihre Omas… und die Opas", fügt sie hinzu und startet den Wagen.

Unterwegs fragt er sie: „Kennst du die Popperöder Quelle? Nicht? Junge Leute müssen die Quelle kennen."

„Hat sie etwas zu bedeuten?"

„Vielleicht, ja. Seit dreihundert Jahren oder noch länger kommen im Frühjahr junge Menschen her."

„Und der Grund?"

„Ich weiß es nicht. Ein Jugendfest, ein Frühlings- oder Wasserfest… Was weiß ich. Immerhin soll sie die schönste Quelle Thüringens sein."

„Gut, dann zeige mir die schönste Quelle Thüringens."

„Fränzi, da drüben biege nach links ab."

Zwischen den Bäumen taucht ein seltsames Häuschen auf. Das Dach voller Schiefergiebel und Türmchen, in der Mitte überragt von einem mehreckigen Turm. Darunter presst sich ein einstöckiger weißgetünchter Fachwerkbau, der aus runden und eckigen Erkern besteht. Das Ganze ruht auf graubraunem Mauerwerk, das, so sieht es aus, auf der einen Seite aus dem Berg herauswächst. Durch drei rundbogige Öffnungen lässt sich ein Teil des Quellhäuschens betreten. Davor, von hohem Gitter umgeben, die kreisrunde Quelle, bis an den Rand mit Wasser gefüllt.

Einige Menschen lehnen am Geländer, betrachten das Wasser.

„Sieh einmal!", sagt Burkhard. „Es wird behauptet, dies sei die schönste Quelle Thüringens."

„Ja, sie ist aber auch schön!", sagt Fränzi bewundernd, und dabei lehnt sie sich so eben an ihn. „Der Grund voller Blumen. Wie herrlich! Was sind das für Blumen?"

„Lass uns raten." Sie stehen so dicht nebeneinander, dass einer die Wärme des anderen spürt. „Oder soll ich der Sache mal auf den Grund gehen, Fränzi?", fragt er kaum hörbar.

„Hast du wohl nur Verrücktheiten im Kopf?"

„Verrücktheit? Warte es ab."

Er verschwindet hinter dem Quellhäuschen, und als er wieder auftaucht, da hat er nichts weiter am Leib als seine knappe Unterhose. „Dann wollen wir der Sache einmal auf den Grund gehen! Und die schönste Blume, die hole ich für dich herauf!" Und unversehens ist er über das Gitter geklettert. Er schätzt den Sprung in die Quelle ab, und als er springen will, schreit eine Frau auf und lässt sich von ihrem Mann ein Handy geben. „Polizei! Das ist ja wohl der Gipfel! Polizei!" Sie drückt die Tasten. „Hier will ein Verrückter in die Popperöder Quelle springen!"

Tumult entsteht, die Leute rotten sich über Burkhard zusammen, sie schimpfen, drohen, schwingen die Faust oder was sie gerade in den Händen haben.

Die Frau, die nach der Polizei rief, hat ihr Handy noch in der Hand, da ertönt von der Ausfallstraße ein Martinshorn.

So behände, wie der junge Mann sich über die Absperrung geschwungen hat, ist er auch wieder zurück und hinter dem Quellhäuschen verschwunden, wo er seine Kleidung liegen hat.

Seitlich zwischen den Büschen sieht er Fränzi winken, die ihm gefolgt ist. „Nur schnell weg!", ruft sie, den Wagen anlassend.

Ausgelassen schlägt er sich auf die Schenkel. „Nimmst du mich jetzt ernst? – Darf ich dich wiedersehen?"

Die junge Frau wiegt bedenklich ihren Kopf, sie stiert angestrengt auf die Straße.

„Fränzi, darf ich?"

Sie zwingt sich abweisend auszusehen und ihn auf die Folter zu spannen. Plötzlich beginnt es in ihrem Gesicht zu zucken und auflachend meint sie: „Burkhard, der Tapfere, du wolltest für mich in die Quelle hopsen!"

„Ich möchte dich wiedersehen, Fränzi… Mir sind, wie man so sagt, mit einem Schlag die Augen aufgegangen."

„Bestimmt!", sagt sie und schiebt die Sonnenbrille auf die Stirn, obwohl die Sonne sie blendet. „So etwas Verrücktes wie dich darf man doch nicht aus den Augen verlieren!"

Auslese
Volkach

Die Weinlese ist in vollem Gange. Von früh bis in den späten Abend quälen sich Traktoren durch die Gassen, ziehen und bugsieren die mit Trauben fast überladenen Anhänger in die Höfe der Kellereien. Die Hauptstraße verstopfen Scharen von Kurzurlaubern, die des Weines, der Lese wegen gekommen sind, für heute, für morgen, vielleicht zwei Tage länger. Erst am Sonntagabend wird es im Städtchen ruhiger sein, bis sich nach der Wochenmitte neue Urlauber einfinden.

Hier sagt man: Wenn die Gäste im Herbst abgereist sind, dann kommen die Krähen und es wird Winter. Jahr für Jahr wiederholt sich dieses Spektakel: Die Besucher fluten in die kleine, mittelalterliche Stadt und schwärmen in jeden ihrer vielen Winkel. Zwischen Öffentlichem und Privatem wissen sie nicht zu unterscheiden. Das muss von denen, die hier zu Hause sind, ertragen werden.

Auch in den Weinbergen, sogar zwischen den erntenden Winzern, sind sie zu erdulden.

Nicht alle kommen, weil der Wein eingefahren wird. Mancher steigt westlich der Stadt den Weinberg hinauf, um in der Wallfahrtskirche Riemenschneiders „Madonna im Rosenkranz" zum ersten oder zum wiederholten Male einen Besuch abzustatten, und sich gleichzeitig einen Blick auf die Mainschleife zu gönnen.

Lange sitzt Studiendirektor Doktor Laurenz Kladdert in der Kapelle „Maria im Weingarten". Er ist bemüht, sich von dem Geflüster, vom Scharren der vielen Füße, von den Ausrufen des Entzückens nicht in seinen Betrachtungen stören oder gar wegführen zu lassen.

In der Weise, wie er in das Kunstwerk versunken ist, kleben unvermittelt brennende Blicke auf seinem Rücken.

Unauffällig, als wollte er weniger Exponiertes im Kapellenraum entdecken, sucht er den Verursacher des sengenden Anstarrens; es ist eine Frau schräg hinter ihm. Nein, es ist nicht sein Rücken, auch nicht sein Nacken ist Gegenstand ihres Interesses – mit schiefgelegtem Kopf betrachtet sie die Madonna vor dem Altarraum.

Als er sich dem Schnitzwerk zuwendet, ist auch der Blick wiederum als eine Berührung spürbar.

Doktor Laurenz Kladdert verlässt die dämmerige Kapelle und tritt in den grellen, in den glühenden Herbsttag. Seltsam: Beim Holzhäuschen mit den Karten, den Kruzifixen und Rosenkränzen, mit den Nachbildungen der Madonna beugt sich jene Frau über einen Stapel Ansichtskarten.

Sie blickt auf, wie zufällig streifen sich ihre Blicke.

Nachdenklich schlendert Doktor Kladdert der Stadt entgegen. Hinter der ersten Biegung hört er eilige Trippelschritte hinter sich. Dann ist der Schritt nicht mehr zu vernehmen; als er sich umdreht, lehnt die Frau am Mäuerchen, das den Weg zur Kapelle säumt, und schüttet Steinchen aus ihrem Schuh.

Wenn er den Schritt verlangsamt, verlangsamt sie ihren auch. In der Stadt hat er sie im Gedränge verloren.

Doktor Kladdert geht die Hauptstraße bis weit hinter den Stadtturm hinauf. An die Schaufenster kann er nicht gelangen, sie sind von Fremden umlagert. Er schlendert auf der anderen Straßenseite zurück. In einem engen Hof entdeckt er eine Weinschänke und kehrt ein. Girlanden mit bunten Glühlampen schaukeln an den Ästen, auf den Tischen flackern Kerzen in Gläsern und spiegeln ihr Licht in den Getränkeresten. Es dauert seine Zeit, bis die Bedienung sich geeinigt hat, wer für seinen Tisch zuständig ist. Ein junges Ding zwängt sich durch die Tischreihen, rosa Gesicht, rote Haare, ein schlanker Oberkörper, aber ausladende Hüften.

Doktor Kladdert bestellt ein Viertel Roten. „Aber trocken, bitte!"

Das rosa Gesicht nickt.

Mit dem Roten kommt auch ein Korb mit geschnittenem Weißbrot auf den Tisch.

Doktor Kladdert lässt den Wein im Glas kreisen; bevor er davon kostet, riecht er genüsslich und hörbar. Beinahe hätte er sich verschluckt: Die Frau aus der Kapelle ist hier! Sie sitzt im hinteren Ende des Gartens, ebenfalls bei einem Roten. Sie nickt ihm zu und lächelt, wie man einem Bekannten zulächeln würde.

Doktor Kladdert ist verblüfft. Er stellt sein Glas so hart auf den Tisch, dass ein wenig vom Wein auf die Tischplatte schwappt. Sie hat es gesehen! Ihr Lächeln wird nachsichtig, nein, sie lächelt warm und vertraut, und grüßend hebt sie ihr Glas gegen ihn.

Doktor Kladdert nickt schwach zurück, aber die Dame lächelt ihm noch warmherziger zu.

Er lässt sich eine Zeitung bringen und versteckt sich dahinter, ohne auch nur einmal die Fremde anzusehen.

Als er gehen will, bemerkt er, dass ihr Platz leer ist. Sie hätte, als sie das Lokal verließ, an ihm vorbeigehen müssen!

Bevor er auf die Straße tritt, prüft er, ob die Fremde sich rein zufällig in der Nähe für Schaufensterauslagen interessiert. Nein, sie scheint gegangen zu sein.

Aber die Wirkung dieser fremden Frau setzt ein!

Egal, welchen Weg Doktor Kladdert einschlägt, er erwartet, sie wie nebenbei vor dem Aushang eines Restaurants, am Brunnen vor dem Rathaus oder hinter dem Tisch eines Straßenlokals zu sehen. In seinem Kopf, in seiner Phantasie hat sich die Fremde festgekrallt. Er wäre nicht verwundert, wenn sich in seinem Hotel eine Tür öffnen und die Frau durch den Spalt spähen würde! Sie lässt ihn nicht los, nein; sie klebt in seinem Kopf, in seinem Schlaf und in den Träumen.

Sie ist eine elegante, wahrscheinlich auch vermögende Frau. Und was sonst nicht immer bei solchen Geschöpfen anzutreffen ist: Sie ist eine blendende, alle Blicke auf sich ziehende Erscheinung! In Doktor Kladderts Leben gab es eine Zeit, da wäre er versucht gewesen, sie unter keinen Umständen aus den Augen zu verlieren. Mehr noch: Doktor Kladdert hätte sich hinreißen lassen, den inneren Zwang durch einen Pfiff loszuwerden. Ja, er hätte ihr seine Anerkennung in solcher Weise hinterhersenden müssen!

Am nächsten Tag denkt er nicht an sie. Nach dem Frühstück wird er einen Weinbauern aufsuchen, sich in der Kellerei umsehen und einige Sorten Roten kaufen.

Die Sonne scheint, die Luft ist frisch, und vom Fenster aus sieht er Dunst zwischen den Bergen.

Der Tag ist jung, und dennoch sind die Straßen voller Betriebsamkeit. Vor dem Rathaus, auf dem Brunnenrand sitzend, spielt ein Trompeter: „Behüt' dich Gott, es wär' so schön gewesen!"

Doktor Kladdert hört dem Spieler vor dem Gasthof zu, der den Marktplatz zur Rechten begrenzt; der Bürgersteig ist mit Tischen und Stühlen zugestellt. Doktor Kladdert möchte näher an den Trompeter heran, da rempelt er jemanden an, stolpert und hätte ihn beinahe mit sich zu Boden gerissen: Vor ihm steht, über einen der Tische gebeugt, jene Fremde und studiert die Speisekarte.

„Entschuldigen Sie, bitte…", stottert der Doktor. „Ich war unaufmerksam, ich habe Sie nicht…"

Die Frau strahlt, sie streckt ihm sogar ihre Hand hin. „Nein, nein! Es war ungeschickt und unüberlegt von mir, den Eingang zu versperren!", sagt sie und nimmt ihre Sonnenbrille ab, dass er in ihre Augen sehen kann.

„Ganz und gar nicht!", wehrt er ab. „Fast hätte ich Sie umgerissen."

„Ich bin nicht groß und falle nicht tief!" Sie lacht über ihren Scherz. „Ist es nicht sonderbar, dass wir uns nun schon wieder, zum…", einen Finger an die Schläfe gelegt, denkt sie nach. „Zum dritten Mal, glaube ich, ja, zum dritten Male begegnen?"

„Sonderbar, ja." Doktor Kladdert hört sich sagen: „Diese Rempelei von mir… Ich muss das wieder gutmachen… Darf ich Sie zu einem Glas Wein einladen?"

Die Fremde spitzt die Lippen, als wollte sie „Oh!" rufen, jedoch sie ruft kein ‚Oh!', kein ‚Ah!' – sie sagt gar nichts, sondern hakt sich bei ihm unter und meint: „Ja, dann gehen wir!"

Die schöne Fremde nennt auch sofort ein Lokal, ein gutes, ein gediegenes Lokal, „in dem es nicht zugeht wie in den meisten hier", erklärt sie ihm.

Bei der Wahl des Weines zeigt sie Geschmack, sie hat ein Gespür für Auserlesenes. Doktor Kladdert hätte solchen Wein niemals für sich bestellt.

Die Fremde, die sich ihm als Frau von Baldmannsweiler vorstellt, gibt sich als belesener, gescheiter Mensch zu erkennen, der außerdem mit einer gehörigen Portion gesunden Menschenverstandes ausgerüstet zu sein scheint. Sie kommen ohne zähes Anlaufen sofort ins Gespräch.

Es ist nicht nur angenehm, mit dieser Frau zu plaudern – der Doktor ist sofort ihrem Charme, ihren bestrickenden Reizen erlegen. In ihrer Nähe zu sein, von ihrer Anmut bestrahlt zu werden, so empfindet er, lässt auch ihn selbst ein wenig glänzen und strahlen.

Von dieser Morgenstunde an sieht man sie nur gemeinsam. Plaudernd und lachend promenieren sie durch alle Straßen und Gassen. Sie stehen vor Schaufenstern oder lauschen den Musikern an den belebten Plätzen. Mit Frau von Baldmannsweiler an seiner Seite ist der Doktor mittags und abends Gast in den besten Restaurants des Ortes. Zu später Stunde suchen sie jenes Weinlokal auf, in dem sie ihm zugeprostet hat. Sie neigen die Köpfe einander zu, raunen und kichern, bis außer ihnen niemand mehr unter den bunten, schaukelnden Glühlampen sitzt.

Für Doktor Kladdert ist zu der kräftigen Herbstsonne eine andere gekommen, die ihre Strahlen nicht auf jeden wirft. Beschwingt und in bester Laune kehrt er nach Mitternacht in sein Hotel zurück: Morgen früh findet das, was gar nicht zu Ende gehen kann, seine Fortsetzung.

In einen solchen Schlaf, in ähnlich beglückende Träume ist der Doktor schon seit langem nicht mehr gefallen.

Am nächsten Morgen ist sie als Erste da! Auch am übernächsten und den anderen Tagen steht Frau von Baldmannsweiler immer vor ihm am vereinbarten Platz, elegant, strahlend und die Blicke auf sich ziehend. Und alles, was am Tag zuvor gewesen ist, wiederholt sich. Für Doktor Kladdert ist jeder Tag neu, er ist erstmalig und einmalig, und am Abend in seinem Bett hat er eine Menge von diesem Tag zu bewundern und bestaunen.

Am fünften Abend überschlägt er die Ausgaben. In den wenigen Tagen hat er das meiste von dem ausgegeben, was für zwei Wochen reichen sollte! „Laurenz, ein solches Erleben hat eben seinen Preis", beschwichtigt er sich selbst. „Sie wird sich auch mit einfachen Restaurants zufrieden geben. Ich werde es ihr sagen." Der Doktor möchte das glauben, wenn da nicht ein kleiner Stachel in ihm stecken geblieben wäre, der sich gelegentlich meldet.

Ein neuer Tag, eine gänzlich neue Frau, die vor ihm am vereinbarten Treffpunkt wartet und nicht nur die Blicke der Männer auf sich zieht. Glänzte sie in den vergangenen Tagen in den Menschenmassen – was ist ihr gestriges Glänzen gegen heute morgen! Eine Fürstin an Schönheit und Eleganz tritt ihm gegenüber! Dieser Liebreiz! Doktor Kladdert reicht ihr den Arm, und verzaubert und wiederum selig vor Glück wandert er mit dieser Frau all die Wege, die sie viele Male gegangen sind.

Vorsichtig, wie aus einer augenblicklichen Laune heraus, schlägt er ein Gasthaus vor, das sie bisher keines Blicks gewürdigt haben. Ja, sie zeigt Verständnis. Im Grunde ihres Herzens läge ihr nichts an Pomp, an Gepränge und Getue; es sei nichts weiter als die Gewohnheit, wenn sie sich für diese

Restaurants entschieden habe, sagt sie und plaudert vergnüglich weiter vom Theater, von Konzerten und literarischen Zirkeln. Unvermittelt bleibt sie stehen, legt ein wenig die Stirn in Falten und blickt mit unschuldsvollen Augen zu ihm auf: „Ich habe bereits einen Tisch in unserem Restaurant bestellt. Ich habe vorgesorgt, gewissermaßen... Bei den vielen Gästen, die heute im Ort sind... Peinlich, wenn wir so mir nichts, dir nichts fernbleiben. Nur heute noch... Dieses eine Mal!"

Doktor Kladderts Einverständnis ist ein leichter Druck ihres Armes.

Sie speisen an dem vorbestellten Tisch, wie sie immer gespeist haben, und auch heute sind Menü und Wein erlesen. Sie lachen, sie tuscheln, neigen ihre Köpfe einander zu.

„Am Abend", sagt sie, „machen wir es, wie es die meisten Gäste machen: Wir speisen in einem schlichten Lokal!"

Dankbar bringt Doktor Kladdert seine Lippen an ihre weiße und weiche Hand mit den kostbaren Ringen.

„Es verlangt mich, heute noch einmal in die Wallfahrtskirche hinaufzusteigen", schlägt sie vor.

Doktor Kladdert lächelt verständnisvoll, wieder ihre Hand an seine Lippen führend.

„So geht es nicht!" Mit beiden Händen streicht sie an ihrem Kleid herunter. „Ich werde dazu etwas Entsprechendes anziehen müssen."

Auch dazu neigt Doktor Kladdert verstehend seinen gräulichen Kopf.

„Ich bin Ihnen zu Dank verpflichtet, dass Sie mir so viel Geduld, so viel Verständnis entgegenbringen. Bis gleich!"

Er sieht sie davoneilen, sehr gerade und mit erhobenem Kopf. Fast mit Stolz nimmt er wahr, wie andere Frauen diesem unvergleichlichen Wesen nachschauen. Und er hat sie seit Tagen an seiner Seite! Wenn sie zurück ist, werden sie an den Beginn dieser unvergesslichen Episode wandern, zur „Madonna im Rosenkranz".

Es wird heiß auf dieser Straßenseite, wo der Doktor in einem Café wartend ein Glas Selters trinkt. Ein paar Schulkinder ziehen krakeelend vorüber und versuchen, mit einer gelangweilten, trägen Serviererin einen Streit vom Zaun zu brechen. Später ist auch der Trompeter wieder da und wiederholt, was er vor Tagen schon gespielt hat.

Doktor Kladdert wird ungeduldig. Mehrmals sieht er auf die Uhr, vor gut eineinhalb Stunden ist sie gegangen! Er späht die Straße auf und ab, sieht wieder nach der Uhr… Wenn diesem unvergleichlichen Wesen etwas zugestoßen ist! Der Doktor gerät für Augenblicke in Sorge, wo soll er nach ihr suchen?

Wieder ein Blick auf die Uhr, Doktor Kladdert denkt nach. Seine Sorge war nicht mehr als ein Lüftchen, sie ist zerweht, ist etwas Stärkerem gewichen, dem Verdacht, dem Wissen. Nein, diese Frau von Baldmannsweiler, die Unvergleichliche, kommt nicht…

Nach langer Zeit sieht der Doktor sie an einem anderen Ort wieder. Auffällig, ein Blickfang, nicht nur für empfängliche Männer!

Er sitzt am Denkmal des Christoph von Schmid und versucht, sich alle Strophen seines weihnachtlichen Kinderliedes in Erinnerung zu rufen – da geht Frau von Baldmannsweiler an ihm vorüber, elegant und auffallend wie immer. Ihr Augenmerk gilt den schönen Fachwerkhäusern aus vergangenen Jahrhunderten. Doktor Kladdert spürt den alten, den vergessenen Stachel wieder, schmerzhaft und ihn antreibend. Er macht einen, zwei Schritte auf sie zu – und jetzt bemerkt der Doktor, dass ihr Interesse nicht den baulichen Schönheiten ringsum gilt, sondern dem Herrn, der ihr folgt. Frau von Baldmannsweiler öffnet ihre Handtasche und lässt versehentlich ein goldfarbiges Beutelchen fallen.

Ihre raffinierte Falle schnappt zu.

Der Herr beeilt sich, an das Beutelchen zu gelangen, und es ihr nachzutragen. Sie ist erstaunt, ist entzückt, sie beginnt ein Gespräch mit ihm, und Seite an Seite, plaudernd und lachend, verschwinden sie in einer engen Seitenstraße.

Bestürzende Entdeckung
Trier

Der Augenarzt Doktor Arnold Klüsenkemper, ein drahtiger, vitaler Mann Anfang fünfzig, dehnt und streckt sich vor dem Fenster, an das die Zweige der Kiefer reichen, die seine Frau stört, weil bei Durchzug die Gardine an den Ästen hängen bleibt. Sie möchte diesen ausladenden Baum gerne fällen lassen, denn er stehe zu dicht am Haus und nehme ihr nicht nur die Sicht auf den Garten, sondern verdrecke auch die Scheiben, klagt sie.

Nein! Der Baum dämpfe vor allem im Sommer das Licht und vermittle ihm das Gefühl von Verborgensein, und er fühle sich in seinen Schatten angenehm eingehüllt, gab er ihr jedes Mal zur Antwort, worauf Frau Klüsenkemper entgegnete, wer das brauche, der habe etwas zu verheimlichen! Bei ihr sei das nicht so, sie lebe gerade und offen, es gäbe nichts zu verhüllen...

Am liebsten wäre Doktor Klüsenkemper schon in der Nacht aufgestanden, als es noch stockdunkel war und er die ersten Vögel singen hörte: Hinten im Garten die laute Singdrossel und das Gartenrotschwänzchen und in der Kiefer vor seinem Fenster durchdringend und zirpend Rotkehlchen und Meise. Wenn er die Fenster seines Schlafzimmers die Nacht über geöffnet halten kann und wenn die nach Erde und Kien duftende Nachtluft ins Zimmer strömt, dann schläft er erholsamer und tiefer, und ihm reichen vier, fünf Stunden, um den Tag über frisch und ausgeruht zu sein. Das ist nur möglich, wenn seine Frau verreist ist; sie friert leicht und empfindet die Nachtsänger als Störenfriede.

Im Osten überzieht ein immer heller werdendes Grau den Himmel; bevor die Sonne aufgegangen ist, will Doktor Klüsenkemper unterwegs sein, darum beeilt er sich heute mit der Rasur und dem Duschen, und das Frühstück, das sich oft bis zu einer Stunde hinziehen kann, weil seine Frau es für die wichtigste Mahlzeit des Tages hält, die ohne Hast eingenommen werden will – das Frühstück nimmt er während des Kofferpackens ein. Er ist in froher, in etwas übermütiger Stimmung, die sich darin ausdrückt, dass er pfeift und sogar mit Tanzschritten durch das Zimmer wirbelt. Er wird so lange bleiben, wie seine Frau in München beschäftigt ist, wo sie ihrer Mutter beim Umzug in eine Seniorenresidenz hilft. Wenn sie das erledigt hat, wird sie mit ihr eine gute Woche im Gebirge verbringen, wo die alte Frau sich von den Aufregungen und Strapazen erholen will. So ist es zwischen beiden abgesprochen.

Vor Doktor Klüsenkemper liegt also eine unbeschwerte Ferienwoche, in der er frei und ungebunden sein wird und auf niemanden Rücksicht zu nehmen braucht. In der Praxis weiß er den jungen und bemühten Kollegen, und nach dem Haus wird Jekaterina, die russlanddeutsche Haushilfe sehen. Bis gestern Abend wusste er nicht, wohin er reisen wird, und als er den Navigator in die Hand nahm, schrieb der Griffel das Ziel von allein: Trier.

Zweimal ist er in Trier gewesen: als Abiturient und während seines Studiums, als er mit drei Freunden die Mosel aufwärts gefahren ist, die, wie er selbst, feuchtfröhliche Abenteuer in überschäumender Ausgelassenheit und Sinnenfreude zu erleben suchten. Und wenn er sich später daran erinnerte, dann sind an Mosel und in Trier alle Jugendträume erfüllt worden!

Jetzt ist Doktor Arnold Klüsenkemper dahin unterwegs.

Mit jedem Kilometer, der sich zwischen ihn und seinen Wohnort legt, steigt seine Heiterkeit, sodass er an sich halten muss, nur so schnell zu fahren, wie er sich vorgenommen hat, um auf die Sinne wirken zu lassen, was er an Reizvollem, an Berückendem um sich herum wahrnimmt. Und wo er Derartiges zwischen Hügeln oder hinter Wäldern vermutet, da schwenkt er von seinem Wege ab und unterbricht die Fahrt. In Trier, wenn er sich von der Fahrt erholt hat, wird er Katja besuchen, sein einziges Kind. Katja, die in Trier mit Ernst und Hingabe ihrem Pädagogikstudium nachgeht und nebenbei in einer Agentur arbeitet, die ihr ein aufwendiges Leben ermöglicht. Katja ist schon lange nicht mehr bei den Eltern gewesen; und ihre anfänglich regelmäßigen Lebenszeichen sind mit der Zeit verebbt und schließlich ganz ausgeblieben. Es wird sie freuen, wenn er sie mit einem Besuch überrascht.

Jenseits der Mosel, in einem kleinen adretten Hotel fernab vom Trubel, hat Doktor Klüsenkemper sein Quartier. Von dort kann er auf den Fluss und die sich hinstreckende Stadt zwischen den Weinbergen sehen, in der mit der aufkommenden Abendkühle das Leben ins Freie drängt und zum Teilnehmen einlädt. Nein, die Stadt, die seine Erinnerung aufbewahrt hat, ist es nicht, sie ist nicht nur in die Breite und Länge gewachsen, für Doktor Klüsenkemper ist sie auch in die Höhe gegangen, und das, woran er sich erinnert, das sind kleine Ausschnitte dieser Stadt, die sich mit Gesichtern und mit freundschaftlicher Nähe vermischen. Ihm ist, als würde er in ein altes Fotoalbum mit aufpolierten Bildern sehen. Und die Gefühle, von denen er damals erfüllt gewesen ist, die lassen sich auch nicht mehr wecken.

Soll er sich bei seiner Tochter melden? An der Rezeption forscht er nach Katjas Telefonnummer, vergeblich, in Trier und den angrenzenden Orten ist ihr Name nicht zu finden. Er beschließt, morgen in dem Haus nachzufragen, in dem sie zuletzt gewohnt und das er sich gemerkt hat.

Von den Bergen breiten sich Schatten aus und in den Häusern drüben gehen die ersten Lichter an. Am Ufer der Mosel flanieren Menschen, Rufe kann er hören und das Geknatter von kleinen Motorbooten, die es eilig haben, von einem Ende zum anderen zu kommen, und die den Fluss in Unruhe bringen. Die Stunde, um die ersten Schritte in die Stadt zu wagen, ist gut, denkt Doktor Klüsenkemper, jetzt geht es in den Straßen gemächlicher zu. Wer zu dieser Stunde unterwegs ist, der sucht den Müßiggang, das träge Leben einer still gewordenen, viel besuchten Stadt. Doktor Klüsenkemper betritt sie durch die Porta Nigra; über sich im schwarzen Gemäuer hört er Stimmen von Menschen, die sich auf das eine oder andere aufmerksam machen und es bestaunen. Er erinnert sich, dass die Etagen der Porta Nigra bei einem seiner früheren Besuche voller Lärm und Gejohle von Schulklassen gewesen sind, Kinder, die versucht haben, kleine Steinchen von oben herab auf die Leute zu werfen. Auf dem Platz dahinter laden Tische und Stühle zum Verweilen ein, und ein buntes Gemisch von Menschen lässt bei Wein oder Bier den Tag ausklingen. An einem Blumenkübel mit hochwachsendem Grünzeug findet Doktor Klüsenkemper einen freien Tisch, und bald ahnt er, warum niemand hier sitzen will: Immer wieder fliegt ein Schwarm Spatzen heran, setzt sich zeternd in die Pflanzen des Blumenkübels, fliegt dicht über den Tisch hinweg, landet sogar darauf. Gelegentlich kommt die Bedienung gelaufen und wedelt mit einem Handtuch. Die Spatzen fliegen fort, sammeln und beruhigen sich und stürmen aufs Neue heran und krakeelen.

Am Nebentisch sitzt ein Paar um die vierzig, schweigend und ohne den anderen mit einem Blick zu streifen. Die Frau ist ununterbrochen mit ihren Fingernägeln beschäftigt, die sie mit mürrischem Gesicht poliert, und als es nichts mehr zu polieren gibt, tauscht sie die vielen Ringe von einem Finger auf den anderen. Manchmal atmet sie bedrohlich laut, aber sie bleibt stumm, betrachtet, ihr volles

Weinglas drehend, die vorüberschlendernden Menschen, und wenn jemand ihr Missfallen erregt, dann ziehen sich die Mundwinkel nach unten, und die Augen verengen sich vor Abneigung. Von Zeit zu Zeit sieht sie nach der Uhr, und dann fallen ihr wieder die Fingernägel ein...

Ihr Mann, stiernackig und mit millimeterlangem schwarzem Haar, das wie eine Kappe auf seinem Schädel klebt, ist in eine Zeitschrift vertieft, die, wie Doktor Klüsenkemper feststellt, nur aus Bildern zu bestehen scheint. Mit der Zunge befeuchtet der Mensch Daumen und Zeigefinger und blättert das Heft von vorne nach hinten und wieder rückwärts durch. Dazwischen langt er nach seinem Bierglas, das die Bedienung, wenn es geleert ist, unaufgefordert durch ein volles ersetzt.

Vor einigen Jahren, als Katja das elterliche Haus verlassen hatte, waren Doktor Klüsenkemper und seine Frau diesem Paar sehr ähnlich: Sie saßen beisammen, ohne den anderen wahrzunehmen. Stundenlang konnten sie schweigen, und ihr Schweigen riss tiefe Abgründe zwischen ihnen auf; sie konnten kaum noch zueinander finden, bis er vorschlug: „Auch wenn wir uns langweilen und einander nichts zu sagen haben – das braucht kein Außenstehender zu merken. Wir nehmen irgendeine Lektüre mit und lesen dem anderen daraus vor." Damit vertuschten sie nicht nur vor den Leuten etwas – sie hatten während des Lesens füreinander offen zu sein, und das verhalf ihnen zum Zuhören und hinterher zu Gesprächen.

Doktor Klüsenkemper überfällt plötzlich Müdigkeit, er zahlt und geht den Weg über die Kaiser-Wilhelm-Brücke zu seinem Hotel zurück. Auf dem schmalen Grünstreifen, der sich an der Mosel hinzieht, lagern immer noch Menschen, als träfe sie die pralle Sonne. Kinder rufen und Hunde bellen, alles will den Sonnentag festhalten, so lange es geht. Morgen wird er sich auf die Suche nach Katja machen. Vielleicht hat sie Zeit und ist bereit, ihn durch die Stadt zu begleiten und mit ihm in die Kaiserthermen gehen. In der Rezeption lässt er sich das Telefonbuch geben, um nach seiner Tochter zu suchen. Weil er ihren Namen nicht findet, geht er Spalte für Spalte nach der ihm bekannten Nummer durch, die er sich einmal notiert hat – nach einigen Seiten ist er eingeschlafen.

An diesem Morgen ist Doktor Arnold Klüsenkemper früher als sonst wach geworden und ihm war, als hätte jemand sein Zimmer betreten, um ihn zu wecken. Alles um ihn herum ist voll von gleißendem Sonnenlicht, das bis auf sein Bett fällt und in die Augen sticht, dass er sie gleich wieder schließen muss.

Im Speisesaal ist er der Erste, und als er Platz genommen hat, kommt eine etwas außergewöhnliche Frau; sie sieht sich um und entschließt sich, ihr Frühstück an seinem Tisch einzunehmen. Ihr grellroter Mund verzieht sich zu einem Lächeln.

„Sie sind neu hier?", fragt sie.

„Gestern gekommen."

Sie streckt ihm ihre Hand hin. „Moosburger. Ich komme alle Jahre her, fast immer zur Weinlese... Da, wo ich zu Hause bin, da gibt es nichts Liebliches an der Landschaft zu entdecken: Dortmund!"

Doktor Klüsenkemper murmelt seinen Namen und ist froh, als die Bedienung kommt und fragt, welches Getränk sie für ihn vorbereiten darf. Dieses wachsbleiche, huschende Mädchen kann nicht in seiner Nähe bleiben, es wird gleich wieder verschwinden. Frau Moosburger, die ihn von der Seite mustert, fragt:

„Drei, vier Wochen an der Mosel, und ich fühle mich um Jahre jünger. Sind Sie auch der Erholung wegen gekommen?"

Doktor Klüsenkemper nickt. „Ja, Erholung und Wein – das suchen wohl die meisten hier..."

Er beeilt sich mit dem Frühstück und geht in die Stadt. Beim Hinausgehen lässt er die Bedienung wissen, dass er morgen auf seinem Zimmer zu frühstücken wünsche. Heute spaziert er neben den Bahngleisen bis zur Römerbrücke und biegt nach links in die Altstadt. Die Straßen sind jetzt schon voller Menschen. Die einen haben Zeit und nehmen die Bürgersteige für sich ein, andere hetzen mit Taschen und Einkaufskörben und mühen sich, damit durch den Menschenstrom zu kommen. Mitgerissen findet er sich unversehens auf dem Hauptmarkt wieder, wo es nur Blumen und Pflanzen zu geben scheint. Auf Märkten und Friedhöfen, das hat er einmal gehört, spiegele sich etwas vom Wesen der Stadt und ihrer Bürger wider. Wenn es so ist, dann ist Trier, was der Markt mir zeigt, eine bunte, eine freundliche und das Leben bejahende Stadt, denkt er und sucht sich ein ruhiges Plätzchen am Rande des Marktes, um die Besonderheiten der Häuser ringsum in Augenschein nehmen zu können und dem Markttreiben zuzusehen. Soll er für Katja einen Blumenstrauß mitnehmen? Freuen wird sie sich ganz bestimmt, aber wie sehen die Blumen aus, wenn er sie längere Zeit durch die Hitze getragen hat! Nein, zuerst wird er ihre Wohnung ausfindig machen, wird sie zum Essen einladen und dabei mit einem prächtigen Strauß überraschen. Einen Zettel mit Katjas letzter Anschrift in der Hand, steht er vor einem Stadtplan und sucht nach der Straße. Er findet sie weit außerhalb, beinahe am Rande der Weinberge. Ja, er wird sich unverzüglich dahin auf den Weg machen, bevor die Sonne ihre Mittagshöhe erreicht hat. Einige Male muss er fragen, dann ist er angelangt. Es ist eine unfreundliche, enge und kurze Straße mit Allerweltshäusern, die auch dem Unkundigen ihre Entstehungszeit verraten. Jedes Haus ist ebenso klein und eng wie die Straße, in der es steht. Die Anzahl der Häuser lässt sich an beiden Händen ablesen, und Doktor Klüsenkemper muss nicht lange suchen. Ein wenig erstaunt betrachtet er das Haus, in dem seine Tochter wohnt, die ein aufwendiges Leben führt, wie sie betonte: Sonnenblumen und Stockrosen rings an den Wänden, im Vorgarten Büschel von Bauernpfingstrosen und Margeriten, und dazwischen, auf einem Teppich von blauen und weißen Glockenblumen, bunte Steinfiguren um Häuschen und um Windmühlen und Fliegenpilze. An der Giebelwand setzt ein schmiedeeisernes Reh zum Sprung an. Doktor Klüsenkemper klingelt. Es dauert eine Zeit, bis geöffnet wird.

„Ja?" Die Frau, die durch den Türspalt lugt, zeigt ein Gesicht, mit dem sie erfolgreich Hausierer abspeisen kann. Doktor Klüsenkemper nennt seinen Namen, und augenblicklich wird die Tür weit geöffnet, dass er eintreten kann.

„Ja, wissen Sie denn nicht, dass sie schon lange nicht mehr bei uns wohnt?"

„Hat meine Tochter Trier verlassen?"

Das wisse sie nicht; gesehen habe sie sie nicht mehr, obwohl sie doch häufig unten in der Stadt sei. Aber in den letzten Wochen, die sie noch hier unter dem Dach gewesen sei, habe sie viel zu arbeiten gehabt: Für das Studium habe sie oft bis spät in die Nacht hinein über ihren Büchern gesessen, erzählt die Frau, und zur Nebenstelle, wo sie ihr Geld verdient hätte, wäre sie tagtäglich gegangen, und meistens auch an den Wochenenden. Mehr wisse sie nicht, und es täte ihr leid, dass sie dem Herrn Doktor keine bessere Auskunft geben könne. Ihren Wegzug habe das Fräulein Tochter bestens geregelt, fügt sie hinzu, kein Brief, keine Zeitschrift wäre mehr hier abgegeben worden, alles wäre gleich an die neue Adresse gegangen…

„Fragen Sie einmal auf dem Rathaus nach", rät ihm die Frau. „Die wissen doch alles. Denn jeder muss sich da an- und abmelden."

„Ja, das ist ein guter Gedanke. Auf Wiedersehen!"

Irritiert wandert Doktor Klüsenkemper den Weg zurück in die Stadt. „Von einem Wohnungswechsel hat die Katja nie gesprochen!", murmelt er vor sich hin. „Was steckt dahinter?" Ob seine Frau etwas weiß? Er könnte sie anrufen und fragen, aber wenn sie ebenso ahnungslos ist wie er, dann wird er sie nur beunruhigen!

Doktor Klüsenkemper ist entschlossen, das herauszufinden. Er braucht Ruhe und einen klaren Kopf, um einen Vorgehensplan entwickeln zu können.

Über die Ostallee geht er zur Basilika. Er ist kein religiöser Mensch, aber jetzt zieht ihn etwas in ein zur Stille zwingendes Gemäuer, in dem er sitzen und ein wenig Ordnung in seine wirren und verwickelten Gedanken bringen kann. Und welcher Ort ist geeigneter als eine Kirche, fragt er sich, da ist jeder still, ist in sich gekehrt oder konzentriert. Die Weite des Raumes, seine Höhe wie auch die Spuren längst versunkener Zeiten an den Wänden, die Erhebendes und Gewaltiges erahnen lassen, lassen den Doktor für kurze Zeit vergessen, was in ihm Fragen aufgeworfen hat und ihn bewegt.

Hinter ihm wird es laut, eine durchdringende Frauenstimme erklärt einer Besuchergruppe, was an diesem Bau wichtig ist und worauf sie zu achten haben. Doktor Klüsenkemper geht. Durch den Palastgarten nimmt er seinen Weg zu den Kaiserthermen, an die er sich am lebhaftesten erinnert, weil ihm als Schüler damals das Sklavenleben zur

Römerzeit in den Gängen und einzelnen Bereichen eindrücklich geschildert worden ist.

Und hier unten in den Kellern mit ihren weitläufigen Gängen ist ihm, als hätte er am entfernten Ende eines Ganges Katja gesehen.

„Katja!"

Die Frau stutzt, sieht sich um, dann verschwindet sie. Doktor Klüsenkemper läuft dahin, wo er die Gestalt gesehen hat und späht in die Nischen und sich verzweigenden Gänge, er lauscht – nein, es ist nichts zu sehen und nichts zu hören. Leere und Stille, etwas anderes gibt es hier unten nicht.

Im Gartenlokal hinter der Porta Nigra, wo er gestern gesessen hat, wählt er wieder den Platz neben dem Blumenkübel bei den spektakelnden Spatzen. Die Bedienung erkennt ihn wieder und lächelt vertraulich.

„Bringen Sie mir einen Cognac, bitte."

Sie neigt den Kopf und nickt schwach, dann sieht sie zum Himmel: Bei diesem Wetter einen Cognac?

„Ich trinke ihn als Medizin", erklärt Doktor Klüsenkemper und lächelt zurück. „Manchmal braucht man so etwas."

Wieder nickt das Mädchen, es scheint alles zu verstehen, was es zu hören bekommt, und als es ihm den Cognac bringt, trinkt er das Glas sofort in einem Zuge leer und lässt sich einen zweiten bringen. Heute sitzt er viele Stunden neben dem Blumenkübel, wachsam und die Menschen beobachtend, ob er die Gestalt, die seiner Tochter gleicht, noch einmal sehen wird. Gegen Mittag, als sich die

Straßen ein wenig leeren und die Leute in den Schatten flüchten, macht er sich erneut auf den Weg zu den Kaiserthermen. Der Palastgarten ist bis auf ein paar Sonnenhungrige leer, die steif und ausgestreckt, einem Brett nicht unähnlich, die Bänke belegen und sich rösten lassen. Hier findet Doktor Klüsenkemper auf einer Bank einige Handzettel, die auf eine junge Frau aufmerksam machen, die, von oben fotografiert, herausfordernd in einer beinahe wasserlosen Wanne liegt. „Lady Jessica erwartet Sie", steht in großen Druckbuchstaben unter dem Bild, und darunter: „Bei ihr erwartet Sie ein Stück Himmel!"

Doktor Klüsenkemper sieht in das Gesicht seiner Tochter, deren Körper sich nackt und aufreizend in die Wanne biegt; ja, es ist Katja, die ihn aus großen Augen mit halbgeöffnetem Mund anschaut. Hastig und sich umblickend packt er alle Zettel zusammen und stopft sie in die Gesäßtasche seiner Hose, um eilig, als hätte er bei etwas Unrechtem beobachtet werden können, in sein Hotel zurückzulaufen. Hier versteckt er seinen Fund im Koffer und verschließt ihn, damit niemand entdecken kann, was er aufgelesen und sein Interesse geweckt hat. Eine geraume Weile sitzt Doktor Klüsenkemper auf seinem Bett, erschüttert und voller Scham, dass seine Katja auf diese Weise ihr aufwendiges Leben finanziert! Den Eltern hat sie geschrieben, sie arbeite bei einer Agentur. Diese Agentur möchte er sich etwas genauer ansehen. Vielleicht ist er aber auch nur einer Täuschung erlegen; auf dem Foto, das ist nicht

Katja, das ist eine Person, die ihr zum Verwechseln ähnlich sieht! Er verriegelt die Tür und holt einen dieser Zettel wieder hervor. Bist du Katja, möchte er dieses aufreizende Gesicht in der Badewanne fragen. Ich bin vernichtet, wenn du es bist! Gott, lass das nur ein Trugbild sein! So etwas, dass zwei fremde Menschen einander gleichen wie ein Ei dem anderen, das gibt es doch hundertfach. Das muss eine Verwechslung sein! Nein, er kann diesen Blick und den halbgeöffneten Mund des Mädchens nicht ertragen und legt den Zettel verkehrt herum auf seinen Nachttisch. Und hier steht nicht nur ihre Adresse – es gibt sogar eine Wegbeschreibung zu dieser Agentur, wie das Etablissement auf dem Zettel genannt wird. Er ist entschlossen, noch heute dieses Haus zu suchen, weil er Gewissheit braucht, um Ruhe zu finden. Und wenn er abreist, ohne nachzuforschen und der Sache auf den Grund zu gehen – die Unruhe begleitet ihn und wird ihn nicht loslassen.

Ohne Umwege folgt er der Wegbeschreibung zu jener Agentur, in der „Lady Jessica" auf Kundschaft wartet, um sie mit einem Stück Himmel zu beschenken. Er hat erwartet, in ein Industriegebiet geführt zu werden, in ein Haus zwischen Werkstätten und Fuhrunternehmen, stattdessen trifft er auf eine gepflegte zweigeschossige Villa aus der Zeit des Jugendstils. An einem der unteren Fenster sind zwei Außenspiegel so angebracht, dass sich durch sie beobachten lässt, wer das Grundstück betritt und wer an der Tür läuten wird. Unterhalb des Türfensters bemerkt Doktor Klüsenkemper einen Spion, den Bewohnern muss sehr viel daran liegen, zu wissen, mit wem sie es zu tun bekommen. Er zögert, beißt sich auf die Lippen, dann drückt er den Klingelknopf, einmal, zweimal. Hinter der Tür bleibt es still. Im Augenblick ist er fast erleichtert, dass ihm niemand öffnet, und erst, als er die Stufen herabgestiegen ist und unten auf dem Kiesweg steht, wird die Tür geöffnet und ihm ein freundliches „Guten Tag!" nachgerufen.

Eine junge, rothaarige Frau wartet mit ineinander gelegten Händen darauf, dass er zu ihr kommt. Doktor Klüsenkemper hält ihr den Zettel hin, dass sie die Adresse lesen kann.

„Ich möchte zu dieser Frau, zu Lady Jessica." Sein Mund ist trocken und die Stimme so leise, dass sich die Rothaarige wie eine Schwerhörige vorbeugt.

„Zu Jessica?"

„Ja."

Sie verzieht bedauernd ihr Gesicht, dann schüttelt sie ihren wuscheligen roten Kopf.

„Ja, die Jessica arbeitet hier, aber sie ist zurzeit nicht zu erreichen. Wohnen Sie in der Nähe?"

Doktor Klüsenkemper nennt irgendein Hotel, das ihm gerade einfällt und er hat das Gefühl, dass die Frau ihm das nicht glaubt.

„Kommen Sie in den nächsten Tagen wieder", rät sie ihm. „Ich werde Jessica sagen, dass Sie nach ihr gefragt haben. Wenn Sie mir Ihren Namen sagen…"

„Schon gut, schon gut!", ruft er zurück. „In der nächsten Woche also…"

Beinahe fluchtartig läuft er vom Grundstück, ohne sich weiter um die Frau zu kümmern, die auf ihren knallenden Schuhen die Treppe herunterkommt, um ihn zur Straße zu geleiten. Doktor Arnold Klüsenkemper geht, und in seinem Rücken spürt er, dass sie am Tor stehen geblieben ist und hinter ihm herschaut. Er biegt nach rechts, wo es ins Stadtinnere geht. Noch einmal holt er den Zettel hervor, betrachtet das Bild, das ihn so sehr beunruhigt, dann macht er plötzlich kehrt und wandert zur Jugendstilvilla zurück. Die Rothaarige pflückt im Vorgarten einen Margeritenstrauß und unterhält sich dabei mit jemandem, den er nicht sehen kann. Deren Stimme kommt aus dem geöffneten Fenster der ersten Etage, leise und mit viel Glucksen und Gelächter. Mit einem energischen Ruck wird die Gardine beiseite gezogen und jene Frau beugt sich heraus, deren Foto er auf dem Zettel mit sich herumträgt.

Hals über Kopf hat Doktor Arnold Klüsenkemper Trier noch am selben Tag verlassen.

Das Wiedersehen
Rixdorf

Die Erinnerungen, die im Kopf festgeklebten Bilder dieser Stadt stimmen nicht mehr. Hier geht der Atem hechelnd; die Stadt ist überlaut und betäubend, dass Margret van Brommelstroete nicht weiß, ob sie von einer Plage überfallen worden ist oder von einem quälenden Traum. Vor Jahren, als sie in dieser Stadt lebte, hieß sie Margret Berstikow. Später, als sie Wouter van Brommelstroete geheiratet hat, musste sie diesen Namen ablegen und sich an Wouters niederländischen Namen gewöhnen, den sie sogar heute noch absonderlich findet, insbesondere, wenn sie ihn im Land ihrer Kindheit nennen soll. In den Niederlanden klingt er normal, da verzieht niemand den Mund oder hebt die Augenbraue. Wie sie ihren alten Berliner Namen, so hat auch ihr Viertel seinen Namen Rixdorf ablegen müssen, um den des großen Bezirks anzunehmen: Neukölln. Ihre Mutter ist vor etwa einem Jahrhundert in Rixdorf geboren, sie aber, obwohl in demselben Haus, in Neukölln. Für die meisten Menschen in diesem Stadtviertel hat sich mit dem neuen Namen nichts verändert – werden sie gefragt, in welchem Bezirk sie wohnen, dann antworten sie: In Rixdorf.

Dahin ist sie jetzt unterwegs. Nach Rixdorf und zu ihrer Freundin aus der Kinderzeit und Schule, zu Zissy Grasicke. Damals nannte eine die andere ihre beste Freundin; und etliche Jahre dauerte diese

Zuneigung auch danach noch an. Später, als Margret sich verheiratet hatte, schrieben sie sich, anfangs monatlich, vierteljährlich, jährlich… bis auch das letztendlich verebbte und erstarb. Zum vergangenen Weihnachtsfest hatte Margret ihr einen Gruß geschickt und sie wissen lassen, dass sie im Sommer nach Berlin käme, und Zissy hat erfreut geantwortet und ihre alte Freundin in ihre Rixdorfer Wohnung eingeladen.

Sie steht in der schaukelnden U-Bahn, deren Fenster alle zerkratzt sind und die Sitzpolster gesprenkelt, als hätten sie Sommersprossen. Obwohl nur wenige Plätze besetzt sind und sie vom Pflastertreten und den vielen Menschen in den Straßen, die sie anrempelten und mitrissen, müde ist, steht Margret van Brommelstroete in eine Ecke gedrückt neben der Tür und lässt sich hin und her wiegen. Mit müden, gleichmütigen Gesichtern starren die Fahrgäste auf irgendeinen Punkt, und Margret van Brommelstroete hat ebenfalls ihren Ruhepunkt für die Augen. Sie denkt an Potsdam, wo sie bis zum frühen Nachmittag viele Stunden durch den Schlosspark gelaufen ist, wo sie sich vor dem neuen Palais von seinem heruntergekommenen Gepränge beeindrucken ließ. Schon etwas müde ist sie die vielen Stufen zwischen den Weinbergterrassen zum Schlösschen Sanssouci aufgestiegen und hat, oben angekommen, dem Spiel der großen Fontäne zugesehen, deren Wasserstrahl vom Wind bis auf die Menschen gedrückt wurde, die in der Nähe standen. Seitlich des Schlösschens drängen sich die

Leute, um ins Innere gelangen zu können, und auch vor dem Grab des alten Preußenkönigs staut sich ein Menschenknäuel, andächtig flüsternd und mit verwunderten Gesichtern, als wäre er vor Kurzem erst in die Erde zu seinen Hunden gelegt worden. Mitten auf dem Grabstein entdeckt Margret van Brommelstroete eine herzförmige, faustgroße Kartoffel. Durch die staunende Menge drängt sich eine aufgebrachte ältliche Frau heran. Sie steigt über die Absperrung, bückt sich nach der Kartoffel, um sie im hohen Bogen hinter sich ins Gebüsch zu werfen.

„Bringt man nicht einmal für einen toten König den nötigen Respekt auf?", schimpft sie. Ja, da habe sie Recht, pflichten ihr einige bei. So etwas habe nichts auf einem Grab zu suchen. Schon gar nicht auf dem Grab eines Königs!

Ein hagerer, alle überragender jüngerer Mann schiebt sich an die Frau heran und erklärt ihr und den Umstehenden, dass es dieser König war, der im achtzehnten Jahrhundert die Kartoffel eingeführt habe, die von unseren Speiseplänen nicht mehr wegzudenken ist.

Schon zwei Stationen früher wollte Margret van Brommelstroete aussteigen und die Einkaufsstraße heruntergehen, wäre da nicht die alte krumme Frau mit ihrem Einkaufswagen und dem fetten Hund zugestiegen, über die sich ein paar Jugendliche hermachten, um ihren Schabernack, vor allem mit ihrem keifenden aufgebrachten Hund zu treiben. Energisch, mit erhobenem Kopf, kam sie zu der

Gruppe, sprach beruhigend auf die Alte und ihren Hund ein und bot ihre Hilfe an, worauf die Jugendlichen den Waggon an der nächsten Station verließen und sich davonmachten. Nun ist sie weitergefahren, bis zu dem Viertel, in dem sie aufgewachsen ist. Aus dem U-Bahn-Schacht mit seinem eigenen Geruch heraufsteigend, fällt ihr Blick auf die Kirche, die ihren Namen nach jener Frau im Evangelium trägt, die von sieben bösen Geistern befreit wurde und das ihrem Erlöser mit unverbrüchlicher Treue dankte. Unter diesem spitzen Turm der Magdalenen-Kirche, der an seiner Wurzel von vier ähnlichen, aber viel kleineren Türmchen wie von Kindern umgeben ist, ist sie vor über einem halben Jahrhundert getauft worden. Das Tageslicht blendet sie, auf den letzten Stufen des U-Bahn-Schachtes muss sie stehen bleiben und sich am Geländer festhalten. Hinter der Kirche, deren Turm sich im Dunst aufzulösen scheint, liegen die Straßen und Häuser, die vor Jahrzehnten ihre weite und verwirrende Welt gewesen sind. Diese Straße ist vollgestopft mit Menschen; sie starren auf ihren Weg und rempeln einander an wie Herdentiere. Auch die Los- und Zeitungsverkäufer mit ihren steifen hohen Hüten, auf die sie Lose oder Notizen geklebt haben, sind noch da und warten abseits in Nischen oder Eingängen auf Käufer. In warnender, orangefarbener Kluft kehrt auf der gegenüberliegenden Straßenseite eine Reinigungskolonne das Trottoir, mit ihren Besen fahren sie den Leuten wie blindwütige Hunde um die Füße. Benommen und müde wandert Margret van Brommelstroete in der stickigen und eigentümlich riechenden Häuserschlucht dem Ort ihrer Kindheit entgegen.

Gleich hinter der Kirche biegt sie nach links ab. Die Straße ist schmal hier und die Häuser klein, und die meisten von ihnen sind heruntergekommen und bunt von Graffiti und Parolen auf Deutsch, auf Arabisch oder irgendeiner anderen Sprache. Fremdländische Frauen, dunkle Augen in ovalen Gesichtern, eingepackt in Kopftücher, stehen zusammen; sie machen Platz und zeigen kein Interesse an ihr. Sie geht an der Backsteinmauer des Böhmischen Friedhofs entlang; zwischen zwei eckigen Säulen das eiserne Tor mit dem schmiedeeisernen Aufsatz über der Eisentür und dem großen Schriftzug darüber: „Böhmischer Gottesacker" und den beiden Liedzeilen „Christus ist mein Leben – Sterben mein Gewinn". Margret erinnert sich an den Ostermorgen, an dem die Großmutter mit ihr und Zissy Grasicke sehr früh auf diesen Friedhof gegangen ist. Es hatte gefroren und die Gräber lagen unter einer dicken Schneedecke. „Jetzt kommen sie", flüsterte die Großmutter ergriffen, und Margret hörte sie: Die Posaunenbläser, alle in langen schwarzen Mänteln und auf dem Kopf steife Zylinder, geleiteten einen langen Zug von stillen Friedhofsbesuchern an einen freien Platz, wo der Pfarrer sie erwartete, um ihnen eine Andacht zu halten. „So schön, wie die spielen!", hatte Zissy geflüstert. „Obwohl sie alle wie Raben aussehen. Da freuen sich aber die Toten hier unter dem Schnee …" –

„Sei still! Die hören nichts mehr!", hatte sie gemahnt, weil die Großmutter, die mitgesungen hatte, ihr Taschentuch vor den Mund presste und wie wild in ihrem Haar wuschelte. Einen Moment ist Margret versucht, noch einmal durch die schwere Eisentür und zwischen den alten Gräbern mit ihren hohen Steinen hin- und herzugehen.

Margret, du wirst erwartet, sagt sie sich. Vielleicht macht Zissy sich Gedanken und ist beunruhigt!

Ja, auch sie stehen noch da: Die alte Dorfschmiede, die sich in ihren altersfleckigen Mantel aus Bruchstein hüllt; hier hat sie, verborgen im Gestrüpp, mit anderen ihre ersten Heimlichkeiten gehabt. – Und drüben, sich hinter Bäumen versteckend, die Böhmische Dorfkirche mit ihrem gedrungenen Turm; der Anblick dieser Kirche verursachte ihr jedes Mal Herzklopfen und ein schlechtes Gewissen, wenn sie aus den Sträuchern an der Mauer herauskroch, wo sie sich als Heranwachsende auf etwas eingelassen hatte, was nicht hätte sein dürfen. Heute lächelt sie darüber, und doch ist wieder etwas Prickelndes in ihr wach geworden.

Zissys Haus! Schwarz und zerbröckelnd, schuppig und so fleckig wie die Haut eines sehr alten Nomaden. Dieses Haus hat nie anders ausgesehen – wie etwas von der Zeit Überranntes und Vergessenes. Und doch lässt es ahnen, dass es vor Urzeiten auch einmal seinen Glanz hatte. Im Fenster einer Parterrewohnung zeigt sich eine alte Frau, verwachsen mit dem Haus und ihm ähnlich geworden. Neugierig, aber auch mit einer Portion Misstrauen wird Margret Brommelstroete von ihr beäugt, die, eine Hand auf den Staketenzaun gelegt, Zissys Haus betrachtet. „Woll'n Se zu wem?", krächzt die Alte herunter.

„Schön isses hier!", ruft Margret hinauf. „Heimelig!"

Die Alte winkt ab und lacht so hemmungslos, dass Speichel durch die Luft fliegt und sie husten und sich festhalten muss.

Im Treppenhaus ist es dunkel und es stinkt. Der Stuck an den Wänden ist zerkratzt oder übermalt worden, ebenso das marmorne Paneel. In den Ecken liegt noch Laub vom vergangenen Herbst und neben der ausgetretenen Treppe, an deren Rändern das Linoleum sich wie fetzige Haut in die Höhe streckt, steht ein Kinderwagen, der mit allerlei Kram vollgepackt ist. Alle Türen auf ihrem Weg in die zweite Etage, wo Zissy Grasicke ihre Wohnung hat, kommen Margret Brommelstroete höher und breiter vor als Türen sonst sind, und alle sind vom Alter dunkel geworden. Das Messingschild neben Zissys Tür täuscht noch immer die Besucher und weist den Bewohner als „F. Wilhelm Grasicke, Hauptmann" aus. Dieser Hauptmann Grasicke war Zissys Vater, und der ist schon seit Jahrzehnten tot. Einen Moment steht Margret Brommelstroete da, wie jemand, der über eine entscheidende Sache nachdenken muss. Sie hebt den Klingelbügel und hinter der schwarzen Tür schrillt die Glocke. Augenblicklich wird die Tür aufgerissen und vor ihr steht eine hutzelige, eine schmierige und nachlässig gekleidete Alte: Zissy Grasicke.

„Zissy?", fragt Margret Brommelstroete, den Blumenstrauß aus dem Papier wickelnd, und als sie ihn ihr entgegenstreckt, murmelt sie: „Etwas Besseres ist mir nicht eingefallen…"

Die Alte greift nach Margrets Hand mit den Blumen und zieht sie in den Flur. „Für so was gibste Jeld aus? Ick liege noch nich uffem Friedhof!", knurrt sie und schüttelt sich, als sollte sie Ekelhaftes entgegennehmen. Ein wenig besänftigt meint sie dann: „Jottekind, ne, Margret, wie hab ick jewartet! Varückt, wa?" Fast eine Stunde stehe sie hinter der Tür und horche ins Treppenhaus, erzählt sie. Und immer, wenn sie unten die Tür gehen hörte, wäre sie ans Treppengeländer gelaufen und habe ins Treppenhaus gespäht. Margret hinter sich herziehend, stößt sie mit dem Fuß eine Tür auf – dies ist Zissys Wohnzimmer. Hier ist die Luft noch übler als im Flur.

„Ick muss dir ansehen. Bist du's ooch wirklich?", fragt Zissy und zerrt sie quer durchs Zimmer, das von dicken Vorhängen vor den beiden Fenstern abgedunkelt wird. Nur mit Mühe können sie von Zissy zur Seite gezogen werden; danach tritt sie wegen ihrer Kurzsichtigkeit dicht an Margret Brommelstroete heran, um ihr Gesicht betrachten und nach Vertrautem darin suchen zu können. Ein leicht säuerlicher Geruch geht von ihr aus, ein Geruch, der auch in ihrer Wohnung hängt. Margret schließt die Augen und hält den Atem an, sie fühlt sich wie bei einer peinlichen ärztlichen Untersuchung.

„Jott, Margret, wat biste alt jeworden!", ruft Zissy im verschleifenden Berlinisch und nimmt deren Hände, um sie nach einem Moment des Umklammerns sanft zu streicheln. Sie streckt eine Hand nach Margrets Kopf aus und ruft: „Wo haste deine blonden Zöpfe jelassen, Margret? So schöne Zöpfe! Ick war janz neidisch drauf!"

„Zissy, ich hatte nie blonde Zöpfe!"

„Also, weeßte!" Zissy betrachtet Margret von allen Seiten, sich vergewissernd ringelt sie eine Haarsträhne um den Finger, und dabei murmelt sie, dass sie so vergesslich nicht sei. Bis dahin hätten ihre Zöpfe gehangen, ihre Handkante zieht einen Strich an Margrets Hüfte, ja, bis dahin. Plötzlich umarmt Zissy ihre Freundin, jetzt wäre es Zeit, Kaffee zu trinken, und damit zieht sie die Frau, die ehemals ihre dickste Freundin gewesen ist und an der sie die blonden Zöpfe vermisst, mit sich in ihre schmale, sehr hohe und bis über den Kopf hinaus gekachelte Küche. Jede Fläche auf Herd und Möbeln und Fußboden ist vollgestellt mit Geschirr, Plastiktüten und Schachteln, mit Dosen und irgendwelchem Kram, den Zissy auf der Straße aufgelesen hat. Vor dem Fenster steht ein Einkaufswagen aus dem Supermarkt, beladen mit Krempel und Abfall, über den abgelegte Garderobe gebreitet ist. Während Zissy Wasser in den Kessel laufen lässt, schwatzt sie, dass sie, Margret, sich ungeheuer verändert hätte und von ihr auf der Straße nicht wiedererkannt worden wäre. Da wäre sie glatt an ihr vorbeigelaufen. Aber jetzt wolle sie einen ordentlichen Kaffee kochen, einen Kaffee, der sogar Tote aus dem Grab heraufhole. Zissy muss schreien, um bei dem Gepolter im Kessel gehört zu werden. „Erinnerst du dich? Weeßte noch?" Sie blinzelt schelmisch.

„Zissy, ich vertrage keinen Kaffee. Lass uns ein wenig reden... Aber bitte, keinen Kaffee, keinen Tee – nichts!"

„Nichts?" Zissy schiebt die Unterlippe vor wie ein kleines Kind, das schmollt und gleich losheulen wird, sie scheint kurz zu überlegen, dann lässt sie den Wasserkessel in den Spülstein fallen und brummt vor sich hin, was das für ein Besuch sei, der keinen Kaffee, keinen Tee trinke.

„Ich war heute Morgen in Potsdam", lenkt Margret die alte Frau ab. „Am Grab des Alten Fritz. Du kannst dir nicht vorstellen, was da für Menschenmassen hinpilgern!"

Zissy holt den Kessel aus dem Spülstein und stellt ihn auf den Herd zurück. Ihre Stirn legt sich in Falten, sie ist ärgerlich geworden, sie brummt: „Ja, dann haste wohl bei dem Kaffee jetrunken!"

„Beim Schloss?"

„Beim ollen Fritze."

Das ist nicht mehr Zissy, mit der sie Geheimnisse ausgetauscht und über Jahre lange Briefe geschrieben hat in einem Ton, als wären sie nur vorübergehend getrennt.

Zissy hat sich auf ihr Sofa fallen lassen. Sie sitzt so tief, als säße sie auf dem Boden. Nach einer längeren Pause brummt sie, dass mit ihr keiner mehr was zu tun haben wolle. Nicht im Haus, nicht auf der Straße. Keiner. Auch ihre Eltern nicht. Und sie, die alte Freundin, auch nicht. „Warum", fragt sie, „bist du gekommen, warum?"

„Um dich zu besuchen, Zissy."

„Ja, ja, aber den Kaffee, den trinkste im Schloss!"

„Im Schloss? – Du bist viel allein, Zissy."

Ja, immer wäre sie allein. Jeden Tag, Jahr für Jahr. Ihr ganzes Leben wäre sie allein. Die Mutter sei weggegangen, und der Vater auch. Wohin, das haben sie nicht gesagt. Vor langer Zeit, als sie nach Hause gekommen wäre, wären sie weg gewesen und hätten sie hier in der Wohnung sitzengelassen. Wieder lässt sie die Unterlippe hängen, ihre knochigen Finger kämmen das Haar, das sie mit vergangenem Reiz zu schütteln versucht. Alles müsse sie allein machen. Die Leute sagen, es gäbe bald wieder Krieg, da muss man doch vorsorgen und sich eindecken, ist es nicht so? Sie deutet auf die Küche und fragt Margret, ob sie auch vorgesorgt hätte.

„Nein, habe ich nicht. Es gibt auch keinen Krieg, Zissy."

Zissy lacht auf. Ja, da wo Margret jetzt lebe, da gäbe es keinen Krieg. Da hätte es nie Krieg gegeben, denn sie wohne weit weg vom Krieg. Aber hier, sie rollt bedeutsam mit den Augen, dieser Bezirk wäre ein gefährliches Pflaster, erst vor kurzem wären sie beschossen und mit Bomben beworfen worden. Wenn der Feind gleich an der Ecke steht, Margret, dann wird schnell geschossen...

Zissy rappelt sich in die Höhe. Was soll sie weiter erzählen, schnaubt sie, wenn die Frau, die einmal ihre Freundin gewesen wäre, ihr nicht glaube. Das mache sie ärgerlich. Darum wäre es besser, wenn sie ginge; und damit reicht sie Margret die Hand. „Wie hab ick mir jefreut, und nu das!"

„Es tut mir leid, Zissy, dass du dich über mich ärgern musst..."

„Schon jut, schon jut!" Sie reißt die halb geschlossenen Vorhänge auseinander, um auf die Straße zu gucken. Der Regen wäre vorüber, ruft sie und versucht, ein Fenster zu öffnen. Und weil es ihr nicht gelingt, schimpft sie auf den Kerl, der immerfort ihre Fenster zunagele. Der täte das nur, um sie zu ärgern.

„Wer ist der Kerl, Zissy?", fragt Margret.

„Wer? Na, unser Hausmeester, der is det. Der hat ooch schon alle Türen zujenagelt!"

Und während Zissy immer noch schimpfend an der Fensterverriegelung zerrt, verlässt Margret verschreckt die Wohnung.

Begegnung mit Suleika
Kirchberg

In dieser Stadt hält niemand an, um auszusteigen und durch die Straßen zu schlendern und sich umzusehen. Dieser Ort ist nur deshalb eine Stadt, weil er vor Urzeiten an einem bedeutenden Handelsweg lag, der ihm Stadtrechte einbrachte. Die Stadt ist klein und unbedeutend geblieben, nicht nennenswerter als manches der kleinen, versteckten Dörfer im Lande. Die Einwohner hören es gerne, wenn von diesem Ort als Stadt und nicht als einem Kaff gesprochen wird. Es gibt nur eine Straße, die in den Ort hinein und nach einem knappen Kilometer wieder hinaus führt. Eine Handvoll kleiner Nebenstraßen geht links und rechts in noch stillere Wohngebiete mit niedrigen Häuschen und gepflegten Vorgärten, in denen Gartenzwerge ihre Angelruten ins Gras halten oder frisch bemalte Rehe und Hasen rasten. Hier verflechten sich Wohnhäuser und Bauernhöfe miteinander. An der Hauptstraße haben sich zu beiden Seiten größere Höfe gehalten, die einträchtig mit dem Fleischer, dem Bäcker, mit einer Drogerie und einem Discounter, bei dem die Postagentur untergebracht ist, dazu zwei Gaststätten und einem Dönerverkauf die Fassade der Geschäftsstraße bilden. Und mittendrin kämpft ein altertümlicher, dämmeriger Gemischtwarenladen gegen die starke Konkurrenz hüben und drüben an. Über allem, gewissermaßen als Zentralpunkt, thront auf der höchsten Stelle des Ortes die Kirche.

Sie teilt die Straße, wie eine Insel den Fluss teilt. Neben den meisten Haustüren der Straße stehen Bänke, besetzt von Alten, die träge in die Sonne blinzeln und darauf warten, dass sich wieder einmal etwas ereignet. An den Wänden der Läden lehnen Fahrräder oder Kinderwagen stehen da, manchmal wartet ein Hund dösend auf dem Pflaster. Und im Ständer vor der Drogerie vergilben die Ansichtskarten. Die strohenen Sonnenhüte sind durch die Jahre von plötzlichen Regenschauern oder vom Sonnenlicht gebleicht und gefärbt worden, und sie werden noch etliche Jahre da hängen müssen und sich bleichen und färben lassen, denn es kommt niemand vorbei, der daran Interesse zeigt.

Nein, in diesen Ort verläuft sich niemand.

Zwei Jahre mag es her sein, da wurden an beiden Seiten der Straße, die von der Kirche geteilt wird, Ampeln für die Besucher der Gottesdienste installiert. Viele Autos durchfuhren das Städtchen nicht, aber die Mehrheit des Gemeinderates, mit dem Bürgermeister an der Spitze, hielten Fußgängerampeln an der Kircheninsel für notwendig, damit die älteren und alten Bürger, wenn sie aus der Kirche kommen, ohne Hast die andere Straßenseite erreichen können.

Das war für alle ein Ereignis, insbesondere für die Alten, die in aller Frühe an der Baustelle standen und zusahen, was getan wurde. Der Ort hatte nicht nur seinen Gesprächsstoff, mit dem Bau der Ampelanlage habe er auch an Wichtigkeit oder Bedeutung zugenommen, so glaubten sie. Und als die

Ampeln in Betrieb genommen waren, machte es den Alten Spaß, sie auf Rot zu schalten, wenn einmal ein Auto weit unten in der Hauptstraße sichtbar wurde. Dann ging man betulich und dem wartenden Autofahrer freundlich zunickend von einer Straßenseite auf die andere und freute sich über so viel Rücksichtnahme. Doch wer drückte den Ampelknopf, wenn die Menge der Gottesdienstbesucher die Kircheninsel verlassen wollte? Niemand! Konnte nicht jeder Fahrer sehen, dass hier keine beliebigen Leute die Straße überquerten, sondern Gottesdienstbesucher, und sie zu hetzen, gar zu verletzen, so etwas ziemte sich nicht, das käme einem Sakrileg gleich!

Heute kündet sich eine neue Sensation an: Das Gastspiel eines Wanderzirkus' ist angesagt. In Schaufenstern und an Wänden, am Trafohäuschen, am Wartestand des Omnibusses, sogar am Gartenzaun des Bürgermeisters kleben und locken Plakate mit dem Gesicht eines Clowns, mit aufbäumenden Pferden und einem herausgeputzten Elefanten.

Hin und wieder ist ein Zirkus im Ort gewesen, aber nie einer mit Elefanten! So unbedeutend kann unser Ort nicht sein, wenn sich ein großer Zirkus mit Elefanten die Ehre gibt, dachten die Leute. Pferde und Hunde, auch abgerichtete Schweine und sogar Gänse, das kannten sie. Einmal ist auch einer mit einem Bären gekommen, ein anderer mit einem Kamel – aber einen richtigen Elefanten, den haben sie hier noch nie zu sehen bekommen.

Als Erste sind die Schulkinder dahin gelaufen, wo der Zirkus sein Zelt aufschlagen wird. Und was die zu erzählen hatten, machte den einen oder anderen Alten ebenfalls neugierig; er nahm seinen Stock, setzte den Hut auf, um keinen Schaden durch die stechende Sonne zu nehmen, und wanderte den Berg hinunter zur großen Wiese.

Ja, da ist das fahrende Volk zugange, Stangen und Bretter zu sortieren und einige besonders lange und solide Stangen in den Boden zu rammen, um daraus das Zirkuszelt entstehen zu lassen. Bunte Wagen stehen im Karree, Pferde grasen in einem abgesperrten Bezirk, auch Hunde lassen sich sehen und dazwischen eine hochnäsige und tranige Schildkröte, mit dem Gesicht einer Mumie, die Schildkröte, die so hoch ist wie ein Stuhl, dass man bequem darauf sitzen könnte. Bestimmt gibt es noch weitere Tiere, die in den verschlossenen Wagen warten, aber vom Elefanten weit und breit keine Spur!

Einer von den Alten, die ständig in der Nähe des Platzes herumlungern, weiß, dass der Elefant erst am Abend eintreffen wird. Um auf einen Wagen geladen zu werden, wäre der zu groß und wohl auch zu eigenwillig, heißt es, der müsse den Weg bis hierher aus eigener Kraft bewältigen. Von der Kreisstadt, wo der Zirkus seine letzten Vorstellungen gegeben hat, würde es vielleicht einen halben Tag dauern, mit Pausen für Suleika, so heiße der Elefant, der nicht gerne und nur sehr langsam über feste Straßen laufe. Im Ort wird erzählt, Suleika wäre ein erfahrener und sehr gelehriger Elefant, der wüsste genau, was man von ihm erwarte, sodass der Dompteur ihm keine Kommandos zu geben brauche. Und manchmal, das weiß man hier auch schon, ließe der sich einen Spaß oder Schabernack mit dem Publikum einfallen. Und das, so erzählt man sich, wäre das Beste!

Ob das stimmt, was von der Suleika erzählt wird, das werden die Leute am nächsten Nachmittag sehen, wenn das Zelt steht, das Publikum herbeiströmt, wenn der Elefant sich vom Marsch aus der Kreisstadt erholt hat.

Es ist Nachmittag geworden, und von unten, westwärts des Städtchens, wo die Straße aus dem Wald herauskommt, wird Suleika erwartet. In seinem roten Wagen, der einer üppigen Praline nicht unähnlich sieht, fährt der Bürgermeister dem Elefanten und seinem Führer entgegen. Das erhöht die Spannung unter den Wartenden, das gibt dem Besuch dieses Zirkus' Gewicht.

„Sie kommen!"

Der Ruf bringt den Menschenhaufen in Bewegung. Ein paar Kinder laufen den Berg hinunter. Gemächlich schaukelnd stapft Suleika die Hauptstraße zum Städtchen herauf, geführt von einem jungen Menschen, der gleich hinter ihren Ohren sitzt und sie mit Fußdruck lenkt. Manchmal bleibt Suleika stehen und rupft Zweige vom Baum, oder sie will ins Feld marschieren, wo sie weit unten zwischen den Büschen den Bach riecht.

Vor dem Ortseingangsschild drängen sich Jung und Alt, um Suleika, die Elefantendame, mit ihrem

Führer zu begrüßen. Einige applaudieren, obwohl sie doch nichts weiter macht, als ihren Weg durchs Städtchen zu gehen, dahin, wo das Zelt aufgebaut worden ist, wo das Zirkusvolk und die anderen Tiere auf sie warten.

Man zollt ihr Respekt, indem man sie auf ihrem Weg begleitet, auch damit, zu ihr einen gehörigen Abstand zu wissen. Suleikas Ohren stehen weit vom Kopf ab, ihre kleinen listigen Augen scheinen sich einzuprägen, was sie links und rechts der Straße sehen. Etliche Meter hinter ihr zuckelt das rote Pralinenauto des Bürgermeisters. Auch er bekommt seinen Applaus.

Suleika nähert sich der Straßenteilung, will rechts an der Kircheninsel vorbei, da ist von jemandem der Knopf gedrückt und die Ampel auf Rot geschaltet worden. Die Vorschriften sind streng, auch Suleika muss warten. Ein leiser Ruf des Führers, ein sanfter Druck seines Fußes hinter ihr Ohr – und Suleika bleibt gehorsam, mit schwingendem Rüssel stehen.

Neben Suleika wartet das rote Pralinenauto, das Suleika an ihr rotes Podest in der Zirkusmanege erinnern muss. Sie ist ja immer gehorsam gewesen und hat getan, was von ihr erwartet wurde. Vielleicht war sie nur einfach müde vom langen Marsch aus der Kreisstadt, oder war es die Lust auf einen Schabernack, der sie ritt und für den sie öfter zu haben gewesen ist – Suleika dreht sich ein wenig auf die Seite, lässt einen Trompetenstoß hören und setzt sich auf des Bürgermeisters rotes Pralinenauto. Mitten auf den Kühler hat sie sich gesetzt! Ihre Ohren wedeln, und es sieht aus, als blinzelten ihre listigen Augen den Leuten rechts und links der Straße zu.

Die einen schreien entsetzt, andere lachen, stoßen sich in die Seite und klatschen begeistert in die Hände. Der Führer springt von Suleikas Rücken und bringt sie dazu, sich vom falschen Podest zu erheben.

Vom Besuch dieses Zirkus' mit seiner gelehrigen Elefantendame Suleika wurde lange erzählt. Und je mehr Zeit verstrich, umso unglaublicher und fantastischer wurde dieser Vorfall, der sich an der Ampel der Kircheninsel zugetragen hatte.

In keinem Auto, das einer Praline glich, schon gar nicht in einem roten Auto, ist der Bürgermeister seither noch einmal gesehen worden. Ja, die Leute erzählten, er hätte nach jenem Zwischenfall Rot überhaupt nicht mehr leiden können, auch durfte niemand in seiner Gegenwart das Wort „Elefant" erwähnen. Und keiner hätte erlebt, dass er noch einmal einem Zirkus entgegengefahren wäre, selbst wenn es nur ein winziger, ein unbedeutender Zirkus war, kaum der Rede wert, der nichts weiter vorzuführen hatte als scheckige Pferde und Hunde, als Kakadus und abgerichtete Hausschweine.

Der Außenseiter
Bei Wilsede

Noch als die letzten Regentropfen fielen, kam schon wieder die Sonne hervor, und sie machte es mir schwer, ins nasse glitzernde Land zu sehen, das wie zersprungenes Kristall tausendfach Licht versprühte und in seiner Stille wirkte, als hätte es sich etwas von den ersten Schöpfungstagen bewahrt. Wo ist es sonst noch so dröhnend still wie hier? In Gebirgsregionen vielleicht, wohin sich niemand verirrt, ganz selten ein verbissener, unentwegter Wanderer, der in ihrem Reich die Alpendohle und die einsam flötende Alpenbraunelle aufschreckt. Da oben war es still, dass mir das Blut in Kopf und Ohren rauschte. Und hier in diesem verlassenen Schafstall ist es nach dem überfallartigen Regenguss ebenso.

Ich krieche ins Freie. Vom Kopf bis zu den Beinen kleben Spinnweben, zäh wie Fäden von Klebstoff, die sich nicht ohne Weiteres wegwischen lassen.

Der April geht zu Ende und ich bin auf dem Weg nach Hamburg, um meinen Vater mit meinem Besuch zu seinem Geburtstag zu überraschen. Bei Egesdorf habe ich die Autobahn zu einem Abstecher in die Heide verlassen. Undeloh, die Idylle voller Ruhe und Gemächlichkeit, von der mir ein Kollege viel zu erzählen hatte, die wollte ich besuchen.

Der Wagen ist abgestellt, ich mache mich auf den Weg in den Ort. An einem Kiosk erwerbe ich ein Getränk und für den Kollegen eine Ansichtskarte: Die Heide zu einer späteren Zeit im Jahr, wenn sie in Lila gefärbt ist und von Scharen von Ausflüglern durchwandert wird. Für diese Farbe bin ich zu früh gekommen.

„Wenn Sie in die Heide wollen, dann gehen Sie nach Süden, gehen Sie zum Wilseder Berg. Der Weg ist nicht markiert, aber es ist nicht schwierig, dahin zu kommen", rät mir die freundliche, vor Gesundheit strotzende Frau hinter dem Fensterchen des Kiosk. „Vom Turm können Sie endlos in die Heide sehen!"

„Ist es weit? Es sieht nach Regen aus", gebe ich zu bedenken. „Ich habe keinen Schirm bei mir."

Sie lugt in den Himmel und schüttelt den Kopf. „Das verzieht sich. Und wenn – dann ist's nur ein kurzer Guss. Warten Sie's im Schafstall ab."

Als ich gehe, ruft sie mir nach: „Versäumen Sie nicht, sich unsere Magdalenen-Kirche anzusehen. Die ist sehr alt!"

Gut, gehe ich zuerst zur Kirche, weil die gesunde, freundliche Frau sie mir empfiehlt. Und sollte mich ein Regenschauer überraschen, so finde ich in ihrem Innern Unterschlupf.

Die Magdalenen-Kirche ist als Kirche schwer zu erkennen. Stünde nicht der hölzerne Turm daneben, man würde das schmucke Fachwerkhaus für die ererbte Wohnstätte eines seit Generationen hier ansässigen Heidjers halten.

Ein wenig verwundert nähere ich mich diesem Gebäude, das noch bauliche Reste aus romanischer Zeit an sich trägt. Als ich am hölzernen Turm ankomme, macht sich ein sonderbarer Mensch davon, eilig und ängstlich. Habe ich ihn gestört, vielleicht aufgeschreckt? Er ist nicht mehr jung, geht gebückt, ist stämmig und nicht groß, und sein Gang lässt fürchten, dass er bei jedem Schritt auf seinen übergroßen Schuhen vornüber stürzt. Über der Schulter trägt er einen länglichen, seesackähnlichen rotblauen Beutel, unter dem er noch krummer wirkt. Alle paar Schritte sieht der Mensch sich um, ob ich folge.

Nein, diese Kirche, auch wenn sie für eine Besonderheit gehalten wird, hat nicht mein Interesse, und ich breche zum Wilseder Berg auf.

Bis auf die dunklen Wolken, die voller Wasser zu hängen scheinen, habe ich einen guten Tag erwischt. Es sind keine Wanderer unterwegs, keine Fahrradfahrer, auch keine Pferdekutschen, mit denen die Gäste in alle Richtungen durch die Heide gefahren werden.

In diesem Flecken, so kommt es mir vor, bin ich der einzige Wanderer. Nein, der kann ich nicht sein, denn der eilige Mensch mit dem seesackähnlichen Beutel ist wohl auch in die Heide gegangen. Und manchmal erwarte ich, ihn hinter dichteren Wacholderbüschen stehen zu sehen.

Den Schafstall habe ich hinter mir, als es zu regnen anfängt. Ich muss zu ihm zurück, denn ich habe keinen Schirm. Eine Weile lehne ich draußen an der Wand, und als der Wind dreht, flüchte ich ins Innere. Er ist leer, außer dass sich vielleicht Mäuse in irgendeinen Winkel zurückgezogen haben und unter dem Dach eine Eule in ihrem Versteck hockt. Der Guss ist bald vorüber, und durch Ritzen und Löcher zwängt eine grelle Sonne ihr Licht.

Durch den Regen ist alles um mich herum verändert. Licht über Licht, dass einem schwindelig werden kann. Es kommt mir vor, als habe der Regen freigelegt, was ich nur verhängt wahrgenommen habe. Ich schließe die Augen, das Licht lässt sich auch durch die Lider nicht abhalten, sodass ich die Augen mit der Hand bedecke. Eine kurze Zeit bleibe ich reglos auf dem Fleck stehen, wo mich die Helligkeit getroffen hat, und als ich aufsehe, steht nicht weit von mir auf seinen großen Füßen der gedrungene Mensch. Seinen rotblauen Beutel hat er neben sich ins nasse Gras gelegt. Er muss wie ich Unterschlupf in diesem verlassenen Schafstall gefunden haben. Er ist belustigt über mein erstauntes, erschrecktes Gesicht. Fast vertraulich nickt er mir zu, greift in die Jackentasche und holt Tabak und Papier hervor, um eine Zigarette zu drehen.

„Nach dem Regen kann das nicht verboten sein", meint er. „Hier ist ja alles nass, es kann nichts brennen."

Und weil ich darauf nichts zu antworten weiß, und er nicht weiß, ob ich überhaupt antworten möchte, sagt er: „Sie haben Glück heute! Obwohl Sie Ihren Spaziergang unterbrechen mussten – was ist schon das bisschen Regen? Es sieht so aus, als hätten wir die ganze Heide für uns allein..."

„Sie kennen sich hier aus?"

„Ja, hier auch, ein wenig. Ich kenne mich überall da aus, wo es still ist. Hier ist es selten still. Zu viele Leute! Viel zu viele!"

Der Mensch ist ein Wohnungsloser, heruntergekommen und mit ungesundem Aussehen. Er lacht mich breit an, weil er erraten hat, dass ich ihn einzureihen weiß. Er sagt:

„Ich trampe nach Süden, nach Schwaben, obwohl ich Schwaben nicht mag. Solange ich auf der Straße bin, wandre ich im Sommer nach Süden. Zum Winter dann bin ich im Norden, meistens an der Küste. Ich finde, da sind die Leute besser, großzügiger sind sie, und sie haben mehr Verständnis für unsereins. Finde ich! Auch das Essen im Norden ist besser. Keine Nudeln, keine Klöße. Da gibt es Kartoffeln!"

Er verdreht die Augen, als stünde ein köstliches Essen vor ihm.

„Das allein ist schon ein Grund, sich auf Norddeutschland zu freuen. Um an Mehlspeisen Gefallen zu finden, muss man mit Mehlspeisen aufgewachsen sein. Ich bin mit Kartoffeln aufgewachsen", sagt er, mit der Fußspitze gegen den rotblauen Beutel tippend.

„Haben Sie da Kartoffeln drin?", frage ich.

„Kartoffeln und Brot und Wasser", sagt er. „Das habe ich immer bei mir. Und das wenige, das unsereins zum Leben braucht."

„Das ist alles in dem Beutel?"

„Alles. Da staunen Sie, was? Braucht der Mensch mehr? Er braucht nicht mehr. Ich bin der Beweis, dass es ohne großen Besitz geht. Beinahe dreißig Jahre bin ich auf Trebe, nur mit dem Allernotwendigsten hier im Beutel. Und es geht, sage ich Ihnen, es geht! Um richtig zu leben, brauche ich keine Reichtümer."

Er macht einen Schritt auf mich zu und geheimnisvoll, als vertraue er mir etwas an, über das man nur hinter vorgehaltener Hand spricht, sagt er:

„Niemand braucht das, was er im Laufe der Jahre um sich herum anhäuft. Wo bleibt denn der ganze Plunder, wenn er die Augen zumacht? Keiner will ihn haben, weil alle mit solchem Zeug zugedeckt sind! Also: Weg damit, auf den Müll damit! Dafür wird gesammelt und gehortet, dass es am Ende zerquetscht oder verbrannt wird oder auf der Müllkippe landet. Und wegen solcher Dinge sind die Leute ständig, ihr ganzes Leben lang in Sorge und Ängsten, dass jemand in die Wohnung einsteigt und ihnen von ihrem Sammelsurium etwas wegträgt!"

Wieder lacht er mich an. Ich finde, er lacht mitleidig, weil ich auch zu denen gehöre, die er nicht verstehen kann, die er vielleicht verachtet, weil sie sich mit Dingen umgeben, die nach seinem Dafürhalten das Leben behindern und es belasten, die es sich nicht in seiner Ursprünglichkeit entfalten lassen.

Obwohl dem Mann dieses blendende Sonnenlicht nicht fremd sein muss, kneift er seine Augen zusammen wie einer, der aus der Dunkelheit ins Grelle gestellt wurde. Und plötzlich klemmt er die Arme dicht an seinen Körper und schüttelt sich, als durchlaufe ihn ein Kälteschauer.

„Es gibt Dinge, ohne die wir nur schwer leben können", sage ich. „Wir brauchen Schutz bei Wind oder Regen, auch vor der Sonne brauchen wir ihn. Und den Winter können wir ohne einen warmen Platz am Ofen kaum durchstehen. Wir sind keine Wildtiere, wir werden krank und siechen am Ende dahin…"

„Das sagt jemand, der das andere Leben nicht kennt! Das Leben, wie ich und unzählige andere es führen", unterbricht er mich. „Ich finde jederzeit irgendwo einen Unterschlupf, der mich vor Unwetter und Kälte schützt. Erkältungskrankheiten, die kenne ich nicht. Weder Kopfschmerzen noch Magenbeschwerden, keine quälenden Träume. Ich beäuge mich nicht, horche nicht in mich hinein, ob das Räderwerk heute noch ebenso läuft wie gestern."

„Brauchen Sie keinen Arzt?"

„Selten", sagt er. „Ganz selten. Ich kenne mich ein wenig mit den Kräutern aus. Das sollte man können, wenn man dem üblichen, dem so genannten normalen Leben den Abschied gibt. – So bin ich mein eigener Arzt, auch meine eigene Apotheke! Es mag sein, dass mit den Kräutern alles etwas länger dauert, als mit den Pillen auf dem Rezept, aber sie helfen."

Und, als wollte er mir etwas demonstrieren, rupft er einen Grashalm und beginnt, ihn genüsslich zu kauen.

„Sehen Sie, auch das macht kaum jemand von den anständigen Leuten, die hier durch die Heide schwärmen: dass er einen Halm ausreißt und ihn kaut, wenn nichts zu Trinken zu haben ist. Ein Grashalm? Pfui Deibel, darauf könnte ja eine schleimige Schnecke gesessen oder Köter geschifft haben. Einen Halm zu kauen, das macht krank! – Wäre es so, dann läge ich schon lange unterm Rasen."

Gleich wird er mir auf die Schulter klopfen, wird mich ermuntern, zu wagen, was er gewagt hat: mein altes, durch so viel Nutzlosigkeiten gehemmtes Leben aufzugeben und es zu machen, wie er es für richtig erkannt hat. Ja, er kommt auch einen Schritt näher, aber nur, um in meinem Schatten zu stehen, weil die Sonne ihm in die Augen sticht.

Er lächelt überlegen, dann streckt er mir seine Hand hin. „Gehen Sie auf den Wilseder Berg, denn das ist doch Ihr Ziel. Von da oben sieht die Heide anders aus. Man muss sie mögen. Nicht jeder mag sie, es gibt Leute, denen gruselt's, hier unten zwischen den Bäumen und Büschen. Auf Wiedersehen!"

Seine Hand ist warm und etwas klebrig, ich möchte mich von diesem Händedruck säubern, nicht jetzt, später, wenn ich allein bin.

Er hat seinen rotblauen Beutel über die Schulter geworfen und strebt einem Birkenwäldchen zu. Als auch ich gehen will, höre ich ihn rufen:

„Entschuldigen Sie, wenn ich Sie aufgehalten habe. Entschuldigen Sie auch alles, was ich Ihnen von meinem Leben gesagt habe. Vergessen Sie es!"

Ich bin auf den Wilseder Berg gegangen und habe die Heide in ihrer Weite gesehen, habe etwas von jener Heimlichkeit ahnen können, die der Mann angedeutet hat. Und immer wieder glaubte ich, dass er hinter einem Strauch stehe und Ausschau nach mir halte, und dass er nicht verwundert gewesen wäre, wenn ich zu ihm gegangen wäre und ihm gesagt hätte: „Da bin ich. Wohin gehen wir?"

Nein, diesen Mann konnte ich nicht vergessen, erst recht nicht, was er mir von seinem heruntergeschraubten Leben erzählt hat. Für einen Augenblick spielte ich mit dem Gedanken, wie es wäre, wenn ich meinen Wagen auf dem Parkplatz stehen ließe und den Weg in die Heide zurückginge, um nach jenem Mann zu suchen, bei dem alles so einfach ist.

Vergessener Kartengruß
Ulm

In diesem Café habe ich einen stillen, etwas verdeckten Fensterplatz gefunden, wo ich mich von den Anstrengungen des Stadtbummels ein wenig erholen kann. Die Straße liegt im Schatten des Ulmer Münsters. Und wenn die Sonne sich noch so große Mühe gibt – in diesen Winkel fällt wohl nicht ein Fetzen ihres Lichts. Vor mir dampft der Kaffee, der Himbeerkuchen zieht eine Fliege an, die sich nicht verscheuchen lässt. Es geht leise zu, unauffällig streicht die Bedienung in Sichtweite vorüber, und auf einmal bemerke ich, dass meine bunte, übergroße Ansichtskarte ihr Interesse hat. Sie streckt den Hals und verzögert den Schritt, aber sie wagt sich nicht in meine Nähe.

Diese auffällige Ansichtskarte!

Obwohl sie größer ist als andere, habe ich sie in meinen Unterlagen übersehen und vergessen und sie nicht an den geschickt, für den ich sie in Indien gekauft habe: meinen Freund Burkhard, der Karten aus exotischen Ländern, und damit meint er vor allem die fernen asiatischen Länder, sammelt. Jetzt, da ich schon einige Tage wieder zu Hause bin, ist mir unter dem Wust von Prospekten und Papieren, die ich in meiner Mappe mit mir herumschleppe, die absonderliche Indienkarte in die Finger gefallen; und ich habe das Schreiben nicht aufgeschoben, sondern sie hier im Ulmer Café, im Schatten des titanischen Doms beschrieben und werde sie gleich, wenn ich mich wieder ins Menschengewühl begebe, für Burkhard in die Post geben.

Vor meiner Indienreise bat er mich: „Wenn du mir einen Kartengruß schreibst, dann bitte keine Abbildung mit einem der grellbunten, verbogenen Götter. Schicke mir eine Karte, die etwas vom alltäglichen, vom realen Leben der Inder wiedergibt." Und eine solche Karte habe ich für Burkhard in Varanasi gekauft. Ich sagte schon, dass es eine vom Format her ungewöhnliche Karte ist, und ungewöhnlich ist auch, was sie zeigt: Abgelichtet ist das morgendliche Treiben auf einem Ghat, einer heiligen Badestelle der Hindus, am Ufer des Ganges, das von der Stadt her durch ein Tor zu erreichen ist. Buntgekleidete Menschen stehen oder hocken im Morgenlicht palavernd auf den Stufen und darüber, auf einem engen Fußweg, sehen sie der Verbrennung eines Toten zu, während eine zweite, auf einem Tragegestell liegende Leiche, eingewickelt in weiße Tücher auf den unteren Stufen abgestellt ist, bis für sie der Scheiterhaufen aufgeschichtet und entzündet wird.

Ich betrachte diese Karte und überlasse mich den Erinnerungen, was ich in Varanasi, in Kolkata und all den anderen Orten, die ich besuchte, gesehen und erlebt habe. Zu allererst taucht das Bild des jungen Inders vor mir auf, dessen Hand sich auf meine Schulter legte, und als ich erschreckt herumfuhr, zeigte er auf meine Geldbörse, die ich gerade verloren haben musste. Schnell bückte er sich danach, gab sie mir und strahlte mich mit offenem, sympathischem Gesicht an. Als ich zum Dank Geld aus dem Portemonnaie entnehmen wollte, legte er seine Hand darüber: Nein, das dürfe ich nicht bezahlen, radebrechte er in einem krausen, drolligen Englisch. Er freue sich, dass er mir habe helfen können, sagte er und versuchte, mir auch mit Gesten verständlich zu machen, wie sehr ich ohne Geld, ohne Pass in der Klemme säße. „Which country?", wollte er wissen, und er lud mich in sein Haus ein, um für den Rest des Tages sein Gast zu sein. Unsicher, was mich da erwarten und welche Absicht hinter seiner Einladung stecken möge, sagte ich zu und bin mit ihm gegangen. Seine Familie bestaunte den sonderbaren Gast, die Frauen zogen sich zurück und wagten nur einen Blick aus sicherer Entfernung, sie hatten zu tuscheln und zu kichern. Später kam die Mutigste von ihnen und brachte mir und meinem Gastgeber süßen, mit Ingwer und Zimt gewürzten Milchtee und in Teigtaschen eingebackenes Gemüse. Diese Begegnung, da bin ich mir jetzt schon sicher, kann zu einer Freundschaft reifen. Der Anfang wäre damit gemacht, dass ich ihm aus Kolkata einen Kartengruß geschickt habe, und er mir unverzüglich an die Adresse meines Hotels geantwortet hat, begeistert und warmherzig und mit der Bitte, mich wiedersehen zu können.

Kolkata…

Früher trug die Stadt den Namen Kalkutta, den die Engländer ihr wegen der Kompliziertheit ihrer Aussprache gegeben haben. Die englischen Herren sind gegangen und die Inder besannen sich auf ihre

Eigentümlichkeit und benannten das eine und andere wieder um, ohne sich ganz vom britischen Lebensstil lösen zu können.

Wartend hielt ich mich vor dem Airport an der vereinbarten Stelle in der Nähe des Eingangs auf, wo ich von einem Angestellten des Konsulats abgeholt werden sollte.

Auf dem Vorplatz ist es lebhaft und laut: Ankommende werden begrüßt, mancher geradezu von einer ganzen Meute lärmender und lachender Menschen. Die, die abreisen müssen, drängen, den Eingang fest und starr im Blick, in die Halle; und dazwischen die Motorrikschas, die sie Tuk-Tuks nennen, mit ihren rufenden und werbenden Fahrern. Lauernd und eilig das Heer der Gepäckträger dazwischen, das sich einem an die Fersen heftet. Über allem zäher Dunst, gegen den die Sonne vergeblich ankämpft. In diesem lärmenden Durcheinander traf ich auf jenen verhutzelten Inder, der mich wegen seiner unglaublichen Fähigkeiten nicht mehr loslässt und von dem ich hier erzählen möchte.

Der alte Mann saß abseits auf einem gekalkten Mäuerchen im Schatten eines ausladenden Nimbaumes, wo er dem quirligen Treiben zuschaute. Neben ihm lagen zu beiden Seiten seine Hände, dunkel, weggelegt wie etwas Nutzloses. Seine tiefschwarze Haut ließ das Weiß seiner Kleidung leuchten und machte ihn geheimnisvoll. Wer den Alten sah, der hätte denken können, er wäre eingeschlafen. Nein, das war er nicht. Seine Augen unter den halbgeschlossenen, wimperlosen Lidern nahmen wachsam und sehr genau wahr, was sich um ihn herum tat.

Wahrscheinlich hat er mich längere Zeit beobachtet, ehe er sich erhob und zu mir vorwagte. Sein aufgerissener Mund sollte wohl ein Lachen zeigen, doch der Mund, den er mir als schwarzes Loch, in dem nur ein Zahn aufragte, entgegenhielt, glich mehr dem Maul eines hungrigen oder nach Luft schnappenden Fisches. Ehrfurchtsvoll kam er auf mich zu, legte die Handflächen aneinander und brabbelte auf mich ein. Es war ein Gemisch aus Bengali, seiner Heimatsprache, mit einigen englisch klingenden Wortfetzen. Ich verstand nichts und kehrte mich von dem Alten ab und wollte ihn loswerden.

Augenblicklich war ein junger Mensch an seiner Seite, ein vernarbtes Gesicht mit treuherzigen Dackelaugen, der mir in gutem Englisch die Fähigkeiten dieses Alten rühmte. Ja, das schien auch der Alte zu verstehen, er ließ mich wieder das schwarze Loch in seinem Gesicht sehen und meckerte ein ziegenähnliches Lachen. Zwischen den Fingern drehte er einen kleinen Notizblock und einen Bleistiftstummel, die er hervorgezaubert hatte und mir entgegenstreckte. Für ein paar Rupien, versicherte mir der Pockennarbige, werde er zeigen, in welche Mysterien der weise Mann eingedrungen wäre.

„Sir, welche Blume lieben Sie?", fragte er. „Sagen Sie es nicht, denken Sie nur an die Blume."

Nun gut, amüsiert ließ ich mich darauf ein und dachte an Veilchen, die um diese Zeit, die ich in

Indien bin, als Teppiche in meinem Garten blühen werden.

Der Pockennarbige nickte dem Alten zu. Der schloss die Augen, steckte seinen Bleistiftstummel in den Mund, befeuchtete ihn und schrieb etwas auf den kleinen Block in seiner Handfläche. Und als er mir das Papier hinstreckte, las ich das englische Wort: VIOLET. Alles war in Großbuchstaben geschrieben, unsicher und nicht leicht zu lesen, als hätte ein kleines Kind die Buchstaben nachgemalt.

Ich war verblüfft, traute dem Alten nicht, der aus dem schwarzen Loch seines Mundes wieder zu meckern begann, den einen Arm in den Himmel streckte und mit dem anderen auf seine Brust klopfte. Ich zahlte und wollte gehen, aber der Pockennarbige verstellte mir den Weg.

„Den Namen Ihrer Großmutter, Sir, denken Sie an den Namen Ihrer Großmutter! Er wird Ihnen den Namen aufschreiben, Sir."

Ich bin sicher, die beiden haben herausgefunden, dass ich Deutscher bin, und somit wird der Alte einen typisch deutschen Frauennamen auf seinen Zettel kritzeln. Ja, damit kann ich ihn hereinlegen! Meine Großmutter mütterlicherseits ist Deutsche, aber sie trägt einen russischen Namen: Anastasia. Ich hab's und bin bereit – und nicke den beiden zu!

Auch diesmal schließt der Alte die Augen, belutscht seinen Bleistiftstummel und malt lateinische Buchstaben auf einen neuen Zettel. Es ist der Name: ANASTASIA!

Jetzt war ich so weit, dass ich mich setzen musste. Der Alte stand vor mir und meckerte sein Lachen, und der pockennarbige Junge lachte mit.

Ich wäre noch nicht ganz von der Weisheit des Meisters überzeugt, übersetzte mir der Junge die Worte des Alten, die er mit hochgezogenen Brauen an mich richtete und die ich nicht verstand. Darum, und dafür wolle der Alte kein Geld haben, bäte er mich um eine dritte Probe. Ich möge an den Namen meiner allerersten Liebe denken. Auch den werde der Meister mir aufschreiben, denn er sei groß und sehr begabt, sagte der Narbengesichtige.

Ja, war es Liebe, was mich vor Jahrzehnten gepackt hatte, als ich Messdiener und bemüht war, mit dem Sohn unseres Arztes am Altar dienen zu können? Liebschaften zu Mitschülerinnen hatte ich einige, aber das war etwas anderes als das, was ich für den Jungen empfand. Meine einzige, umwerfende und dauerhafte Liebe, das war und ist sie immer noch: Die Liebe zu meiner Frau, die sich mit keiner anderen vergleichen lässt. Ich nehme mir vor, ihr unverzüglich von diesem Erlebnis zu berichten, bei meinem ersten Anruf aus dem Hotel.

Mit einem festen Gedanken an jene Knabenliebe werde ich ihn der Scharlatanerie überführen! Diesmal war ich es, der die Augen schloss, ich versuchte, mir den Jungen vorzustellen, mit dem ich am Altar räucherte und die Wandlung einläutete; der Junge, der wie kein anderer das Messgewand zu tragen verstand: Ulrich!

Abermals schloss der Alte die Augen, und als er den Namen hatte, sah er mich für einen Moment groß an, dann malte er ihn auf den Zettel in seiner Handfläche. Er lächelte verstehend und reichte mir den Zettel mitsamt den beiden anderen.

„Ulrich!", flüsterte ich und bedeckte meine Augen, weil mir war, als fange die Welt an zu kreisen. „Ulrich, ja!"

Ich nickte zum Alten auf und wollte ihn loswerden. Seine Fähigkeiten haben mich überrumpelt, sodass ich ihn großzügig bezahlen wollte. Aber der Alte zögerte und traute sich nicht, das Geld anzunehmen. Auch das war mir bei einem Inder neu, denn bei den meisten, die ich in Anspruch nahm und die bezahlt werden mussten, gab ich oft, wie mir schien, zu wenig, auch wenn der Preis vorher vereinbart worden war. Sie jammerten und bettelten und erzählten mir von ihren vielen kranken Kindern.

„Der Meister weiß, dass Sie nach Bombay weiterreisen wollen." Er sah mich ernst und eindringlich mit seinen Dackelaugen an. „Ich soll Ihnen sagen: Nehmen Sie nicht den Zug, fliegen Sie. Den Zug nach Bombay dürfen Sie nicht besteigen! Nicht in den Zug, sagt er…"

Der Alte ist mir unheimlich geworden, denn ich hatte das Gefühl, dass alles, was mit mir im Leben geschehen war und was ich mir vorgenommen hatte, auf meiner Stirn geschrieben stand. Die beiden wollten gehen. Ich legte meine Hände zum Gruß vor der Brust zusammen: „Namaskar" und reichte dem vernarbten Gesicht zwei Euro hin, die er aber zurückwies.

Ich bin nicht mit der Bahn gefahren, sondern habe mir ein Flugticket nach Bombay gekauft.

Der Zug, mit dem ich hätte fahren wollen, ist entgleist. Es hat mehrere Tote gegeben und viele Verletzte.

Umwölkte Urlaubsreise
Im Harz

Ohne Hast, eher unentschlossen packt der Mann die Kleidung zusammen, er ist bemüht, alles ebenso akkurat in den Koffer zu legen, wie seine Frau es macht. Auch mit dem, was sie vergessen hat, geht er beim Einpacken sorgsam um, obwohl ihm nach etwas ganz anderem zumute ist. Als er ihren Anorak, ihre lange Hose, die Wanderschuhe und die Kappe, die sie bei längeren Ausflügen aufsetzt und die sie ebenfalls übersehen hat, im Schrank findet, hat er alles in großer Wut durchs Hotelzimmer geworfen.

Sie ist gestern am späten Abend mit dem großen Koffer abgereist, ihm hat sie den kleinen gelassen, den sie eigentlich für ihre vielen Utensilien mitgenommen hat.

Der Koffer ist verschlossen, jetzt könnte er ihn in den Wagen schaffen und fahren. Ratlos sitzt er auf dem Bett und sieht nach dem Berg, der an dem überstürzten Ende des Urlaubs seine Schuld trägt. Vielleicht sitzt sie irgendwo und erwartet, dass er ihr nachreist; aber das würde sie darin bestärken, richtig gehandelt und ihm den Aufenthalt im Harz verdorben zu haben.

Der Berg da drüben, so täuschend, so friedlich und harmlos... Dieser verwünschte Berg!

Nein, er wird bleiben! Er packt den Koffer wieder aus und trägt alles an seinen Platz. Wahrscheinlich hockt sie irgendwo und wartet darauf, dass er ihr nachgeht und sie zum Bleiben überredet.

„Nein, das werde ich nicht tun! Keinen Triumph für dich!" Er ruft es energisch, als wäre sie in einer Ecke des Zimmers. „Da kannst du aber lange warten!"

Er wird im Hotel „Brockenblick", das weniger einem Hotel als einer größeren Pension ähnelt, bis zum letzten vereinbarten Tag bleiben. Ja, er ist plötzlich fest entschlossen, es in diesem elenden, verschlafenen Nest bis zuletzt auszuhalten. Aus der Ferne, vom Fenster des „Brockenblick" aus betrachtet, sieht der Berg, den sie als Erstes besuchen wollte, genauso harmlos aus wie viele andere Berge im Land auch. Und so hat er der Frau nachgegeben, sie haben die Brockenbahn bestiegen und sind gleich am folgenden Tag nach ihrer Ankunft auf die Kuppe gefahren. Doch was sie da oben sahen und erlebten, das war weit entfernt von dem Gruseligen und Geheimnisvollen, das mit diesem Berg in Verbindung gebracht wird. Gegen den Jahrmarkttrubel der rufenden, der fotografierenden und futternden Menschenhorden gelingt es keiner noch so lebhaften Fantasie, an Hexen und Spukgestalten zu denken, oder gar diese lebendig werden zu lassen.

Was seine Frau vom Harz, ganz besonders von diesem Hexenberg erwartet hat, das weiß er nicht. Aber Hintergründiges, Rätselhaftes, das hat sie wohl erwartet, und deshalb war sie mit seinem Vorschlag, hier den Urlaub zu verbringen, sofort einverstanden. Vom Harz, vom Brocken, sagte sie ihm, hätten ihre Großmutter und deren Schwester, die im Harz aufgewachsen sind, oft erzählt, und zwar so lebendig, als wären die beiden zugegen gewesen, wenn sich Hexen und Spukgestalten in der Walpurgisnacht auf der Kuppe und den anderen Orten getroffen haben, um ihr Unwesen zu treiben. Ebenso schlimm wie der Blocksberg wären der Hexentanzplatz und der Ilsenstein. Die Geschichten darüber sollten ihr Angst einjagen. Am Ilsenstein, da hätte die Hexe aus dem Märchen den Hänsel braten wollen. Noch heute laufe ihr ein Schauer den Rücken herunter, hatte sie gesagt.

Einmal in den Harz, einmal auf den Blocksberg, das haben beide gewollt...

Nicht daran denken, nimmt er sich vor und versucht, sich durch Lesen abzulenken. Er hat sich mit dem Rücken zum Fenster gesetzt, von dem aus der Brocken zu sehen ist. Ein paar Zeilen hat er gelesen, dann schweifen seine Gedanken wieder ab, kehren immer wieder zu diesem Berg und dem unerfreulichen Vorfall zurück. Nach diesem Besuch, davon ist er überzeugt, war seine Frau verhext. Danach war es anders...

Schon am Abend nach der Brockenfahrt war manches ganz anders.

Am späten Nachmittag hatte es einen Schauer gegeben, kurz und heftig, dass das Wasser über die Dachrinnen schwappte und an den Wänden hoch spritzte. Die Luft war sauber geworden, es roch wieder nach Erde, nicht nach diesem Gemisch von trockenem Kiefernholz und Teer. Aneinandergelehnt sahen er und seine Frau zu, wie das Wasser zwischen den Blumenrabatten und Wegen des Vorgartens zusammenlief und diese zu Seen und Kanälen machte.

So wie ich den Brocken gesehen habe, sieht er kahl und wenig einladend aus, hatte sie gesagt, er ist zu einem Ort voller Lärm und Müll, voller Gedränge geworden. Ein x-beliebiger Marktplatz, über den man läuft, ohne hinzusehen, ob es da Verborgenes zu entdecken gibt. Nichts als Menschen. Überhaupt nicht zu denken, dass das einmal ein Versammlungsort von Hexen, von Teufeln und anderen Spukgestalten gewesen sein soll. Heute zieht er nur noch Menschen an, und die machen sich darüber her wie Fliegen über Speisen, sagte sie. Dabei hätte sie sich auf das Gruseln gefreut. Hier gäbe es nichts mehr zum Gruseln. Denn von Hexen, von Hexenspuk will diese Zeit nichts mehr wissen. Der Blocksberg, die Wälder – sie sind nichts weiter als Berge und Wälder, wie unzählige andere auch, fand sie. Ihr gruseliger Reiz wäre ihnen schon lange genommen. Mit Verstand, mit Scharfsinn hat man Berge und Wälder entzaubert, sie ihrer Sagen beraubt. Doch einmal möchte sie noch auf den Berg, hatte sie gesagt, zu Fuß, nicht mit der Bahn, auf Wegen, die nur von wenigen Menschen begangen werden.

Er stand hinter ihr, beide Arme um ihre Schultern gelegt. „Ja, das werden wir tun", versprach er ihr und hatte gemeint, sie wären beide ausgeruht und könnten gleich am nächsten Morgen diese Tour wagen.

„Du hast dich auf diese Reise vorbereitet, du hast über den Blocksberg und über Hexen gelesen. Du musst mir davon erzählen, bitte."

Er zögerte, ob das gut wäre, hatte er geantwortet. Denn was er gelesen habe, das wären Verrücktheiten, Spinnereien…

Die Frau ließ nicht locker, er musste erzählen.

Der Glaube an Hexen wäre ein uralter Glaube, aus uralter Zeit, sagte er. Weil den Menschen die Einsicht für unerklärliche Dinge fehlte, hätten sie sich ihr Vorhandensein durch Hexen und andere böse Mächte erklärt, die anderen Schaden zufügten. Hexen verstanden sich auf allerlei Zauber, um Häuser abzubrennen, den Menschen Krankheiten anzuhexen und ihre Brunnen zu vergiften. Hatten sie es sich in den Kopf gesetzt, jemandem zu schaden oder ihn zu vernichten, dann verwandelten sie sich in Spinnen, ließen sich von der Decke herab und bissen ihn oder spritzten Gift in sein Fleisch, sodass er krank wurde oder sogar starb. Sie verstanden es, Kräuter und Salben herzustellen aus Bilsenkraut, Tollkirsche und Fingerhut. Dazu hatten sie noch viele andere Tricks und teuflische Hilfen… Ja, und nicht zu vergessen: ihr böser Blick! Er fuhr ihr durchs Haar und meinte, dass solche Frauen, die einen bösen Blick hätten, auch heute noch anzutreffen wären.

Und die ganze Zeit hockte sie mit untergeschlagenen Beinen auf dem Bett und lauschte mit offenem Munde. Sie war bleich geworden wie eine Kranke. Als er sie fragte, ob ihr nicht wohl wäre, schüttelte sie den Kopf und meinte, ihr gehe es gut, ihr fehle nichts. Solche Sachen, sagte sie, hätten auch die Großmutter und die Großtante erzählt.

In der Frühe des nächsten Tages sind sie auf den Brocken gegangen. Es war noch dunkel, als sie sich auf den Weg gemacht haben. Er trug einen Rucksack mit dem Proviant, der für sie vom Hotel vorbereitet worden war. Das Licht der Straßenlaternen machte den Ort gespenstisch, und jeder Schritt, so kam es ihm vor, wäre von einem Ende zum anderen zu hören gewesen. Die Luft war feucht und kalt, und die Stille empfand er als beklemmend. Zwischen den Bergen waberte Nebel, er stieg von jenem kleinen und wilden Flüsschen auf, das sich dicht hinter dem „Brockenblick" zwischen die mächtigen, rund geschliffenen und bemoosten Steine zwängte. Er sieht auch wieder die Arbeiter vor sich, die ihnen auf der Straße entgegenkamen, schweigsam und griesgrämig, ohne zu grüßen, wie sie es sonst machen. Der eine oder andere wunderte sich wohl, um diese Zeit zwei junge Wanderer anzutreffen, denn man drehte sich nach ihnen um und sah ihnen hinterher. Trotz Pullover und Anorak war ihnen kalt; er erinnert sich, dass die Frau so sehr fror, dass sie ganz zusammengekrümmt ging und ihre Zähne manchmal laut aufeinanderschlugen. Beide Hände hatte sie in die Ärmel gesteckt, wie sie es bei Mönchen gesehen haben muss.

Das wäre wie ein Opfergang, hatte er gemeint, ein wenig verrückt. Sie sagte nichts dazu, lachte nicht einmal, sondern stapfte wie verbissen ihren Weg, ohne links und rechts nach den übereinandergeworfenen riesenhaften Kieselsteinen zu gucken.

Sie sind auf dem Berg gewesen, aber wie begierig war die Frau, während des Aufstiegs von allen nur denkbaren Unwesen zu hören, und wenn es die schauerlichsten Geschichten waren. Immer wieder verlangte sie von ihm erzählt zu bekommen, was diesen Berg zu einem besonderen Berg macht, sodass er sich darüber wunderte. Als sie angekommen waren, war die Sonne aufgegangen und begann zu stechen, trotzdem froren sie im unablässig blasenden Wind auf dem Brocken, dass sie ihren Anorak schließen und die Kapuze über den Kopf ziehen mussten. Und plötzlich hatte die Frau genug, sie drängte zum Rückweg. Sie wollte unten durchs Tal am Flüsschen entlangwandern. Der Weg war glitschig und voller Baumwurzeln und Steine. Die Erde roch, ringsum zwitscherten oder warnten Vögel, und überall krochen rote Nacktschnecken, dass sie sich bei jedem Schritt in Acht nehmen mussten. Über ihnen das löcherige Dach von Laub und Tannennadeln, durch das gebündeltes Sonnenlicht fiel. Nein, dafür hatte sie keine Augen mehr gehabt, nicht einmal für die Schnecken auf dem Weg. Sie drängte ins Hotel zurück. Hier schloss sie sich für lange Zeit im Bad ein, er hörte Wasser rauschen, hörte den Föhn, aber sie wurde nicht fertig. Seit dem Gang auf den Blocksberg war es, als wäre sie von einer sonderbaren Krankheit befallen, als wäre sie behext worden.

Sie war einsilbig geworden und zog sich von ihm zurück. Wie sollte er die Frau verstehen, die sich in wenigen Augenblicken so verändert hatte? Ohne ein Wort zu sagen, verließ er das Zimmer, um im Wald, unten am wilden Flüsschen, allein zu sein.

Immer noch waren die Nacktschnecken unterwegs und mit ihnen eine Unzahl winziger Frösche, die das Kaulquappenleben hinter sich hatten und ihrem neuen amphibischen Element zustrebten.

Immer weiter, immer tiefer ist er, ohne es zu wollen, in den Wald eingedrungen und ohne wahrzunehmen, dass sich der Himmel verdunkelte, dass einige Vögel lauter und aufdringlicher zu singen begonnen hatten, bis der erste Blitz zuckte und gleich darauf der Donner alles zum Schweigen brachte. Im selben Moment brach ungeheurer Regen los. Unter einem überhängenden Felsen fand er Unterschlupf, hier war es trocken, hier wartete er das Gewitter ab.

Es begann zu dampfen, als die Sonne hervorkam, und langsam, unschlüssig, kehrte er ins Hotel zurück. Seine Frau stand am Fenster, das zum Blocksberg ging, stumm, entgeistert starrte sie dahin, wo der Berg sein musste. Jetzt versteckte sich der Berg in Dunst und Nebel, den tief stehendes Sonnenlicht aufhellte, dass es aussah, als wäre er in einen milchigen Schleier gehüllt. Die Frau sah sich nicht nach ihm um, sie sprach nicht, sondern stand nur da, beide Hände auf den Mund gepresst und starrte zum Berg hinüber. Erst als er neben ihr stand, konnte er sehen, was sie entsetzte und ihr die Sprache verschlug: In dem den Berg verhüllenden Dunst bewegten sich Gestalten, sie gingen aufeinander zu und entfernten sich, Gestalten von großer und kleiner Statur, von denen eine den Arm hob und ihnen zu drohen schien.

„Das hast du erreicht", flüsterte sie in ihre Hände. „Es gibt sie also doch, die Geister, die Gespenster... Davon haben mir auch die Großmutter und ihre Schwester erzählt, viele Male..." Aus aufgerissenen Augen sah sie ihn an, sie war noch bleicher, als er sie zuletzt gesehen hatte. Sie fuhr ihn an: „Du hast die da drüben hervorgelockt, du mit deinem... Was wolltest du damit erreichen?"

Er widersprach heftig, sie wäre es gewesen, die den ganzen Unsinn hören wollte. Ja, das, was sie aus ihm herausgefragt hätte, das hätte sie fasziniert, das sei ihm nicht entgangen. Geradezu unersättlich wäre sie gewesen, zu erfahren, was es mit Hexen und Spukgestalten auf sich hätte.

Die Frau hielt sich die Ohren zu. Sie begann durch das Hotelzimmer zu laufen, von einer Wand zur anderen, und immer, wenn sie am Fenster vorüberkam, blieb sie einen Augenblick stehen, um nach dem Berg und seinen geheimnisvollen Gestalten zu sehen.

Er, der nicht wusste, was er anfangen sollte, zog sich wieder an und suchte ein Gasthaus auf. Vielleicht, so hatte er gedacht, wird sie sich, wenn es dunkel geworden und diese Fata Morgana verschwunden ist, beruhigt haben.

Schatten von Gestalten im Nebel des Brockens? Der Wirt hatte gelacht, als er danach fragte. Hier wisse es jeder, dass die tief stehende Sonne solche Possenspiele auf den Nebel- oder Dunstwänden des Bergs treibe. Dadurch hätte sich schon manches mimosenhafte Gemüt in die Flucht schlagen lassen. Anfällig wären vor allem solche, die sich an Hexen- und Spukgeschichten berauschen könnten, sagte er. Dann käme es bei solchen Phänomenen hin und wieder vor, dass Leute sich Hals über Kopf davonmachten.

Es war an jenem Abend spät geworden, als er ins Hotel zurückkehrte. An der Rezeption wurde ihm mitgeteilt, dass seine Frau abgereist sei. Hier gäbe es manches, was sie nicht vertrage, auch nicht ertragen könne, hätte sie gesagt.

Es war so, wie ihm gesagt wurde: Sie war gegangen.

Penibel legte er seine Wäsche und Kleidung in den Schrank zurück. Als das getan war, ließ er sich, obwohl er in der Gaststätte nicht wenig getrunken hatte, eine Flasche Kognak bringen, die, damit tröstete er sich, würde er heute gut gebrauchen können.

Unter dem großen Gott
Altenstadt

Das Wenige, das ich noch als Information besitze, habe ich auf meine Reise mitgenommen. Es ist nur diese Broschüre übrig geblieben, die auf dem Beifahrersitz liegt, alles andere ist mit den Jahren verloren gegangen. Hin und wieder werfe ich einen kurzen Blick auf das Foto der Basilika mit ihren die Wolken stützenden quadratischen Türmen. Die Basilika trägt den Namen des Thronengels Michael, der Engel, der nach der Vision des Johannes mit dem Drachen kämpft. Dahin bin ich unterwegs, dafür habe ich einen langen Umweg auf mich genommen, um noch einmal in ihrem überwältigenden Inneren sitzen und in mich hineinhorchen zu können, wie ich es vor Jahren erlebt habe.

Ich komme von München. In München habe ich oft zu tun gehabt, und gelegentlich habe ich mir vorgenommen, diesen Abstecher zur Basilika zu wagen, die mich auf eine sonderbare Weise beeindruckt hat. Doch wenn es an die Heimreise ging, dann war der Vorsatz stets vergessen. Er fiel mir erst wieder ein, wenn ich schon weit im Norden war.

Meinen Wagen habe ich gleich bei der Kirche geparkt. Ich bin aufs Neue von der Wucht und Größe ergriffen, als ich langsam dem Portal zustrebe. Mich zieht's aber ins Innere, ins schmucklose Kirchenschiff. Es ist dämmerig und kühl, und mir kommt es vor, als wäre selbst mein Herzschlag zu hören. Hier bin ich allein. Dahin, wo ich vor Jahren gesessen habe, setze ich mich auch heute: in die rechte vorletzte Bank des Mittelgangs. Vorne auf dem Lettnerbalken, der den Chorraum vom Langhaus trennt, beherrscht der steinalte, übergroße Christus an seinem goldgefassten, ein Krückenkreuz andeutendes Marterholz den Kirchenraum. Dieser Gekreuzigte trägt statt der Dornenkrone einen königlichen Goldreif; gebieterisch blickt er auf die Menschen herunter, die sich hier versammeln. Unter ihm, klein, nachdenklich und in sich gekehrt, Maria und Johannes auf ihrem grünen Hügel, den Kopf in die Hand geschmiegt. Im rechten Seitenschiff, verdeckt von den Stützreihen, weiß ich den unter einem Kreuzigungsfresko stehenden romanischen Taufstein mit seinen biblischen Darstellungen.

Plötzlich schrecke ich zusammen. Hinter dem Pfeiler beim Taufstein ist jemand, ich höre etwas wie einen Seufzer, vernehme das Scharren von Füßen. Und dann zeigt er sich: Es ist ein Mann mittleren Alters, groß und schlank, mit wildem, schwer zu bändigendem Haar. Er sieht kurz zu mir herüber, ohne mich wahrzunehmen. Wieder seufzt er, als er sich beim Pfeiler in die Bank setzt. Wie die beiden Figuren unter dem Kruzifix stützt er seinen Kopf in die Hände, und mir kommt es vor, als brüte er vor sich hin. Nach einer Weile mag er da nicht mehr sitzen, er kommt ans andere Ende meiner Bank, wo er in sich zusammenfällt und sein Gesicht in die Handflächen drückt, als wollte er einen Makel verbergen. Er muss spüren, dass ich ihn ansehe, denn er blickt zu mir herüber, betrachtet mich wieder so, als nähme er mich überhaupt nicht wahr und versteckt danach erneut sein Gesicht. Er bemerkt wohl, dass ich entschlossen bin zu gehen, denn er rückt näher zu mir heran, verlegen lächelnd, fast gequält. Und als er so nahe bei mir ist, dass ich ihn hören kann, flüstert er:

„Entschuldigen Sie, ich habe Sie wohl erschreckt?"

Ich lächle zurück, wohl ebenso verlegen und hebe ein wenig die Schulter. „Nicht sehr."

Er starrt auf die Ablage der Bank vor uns, mit einem Finger fährt er die Maserung nach, und ohne aufzusehen sagt er:
„Ich bin schon einmal in dieser Kirche gewesen, aber das ist lange her…"

Ich nicke, als wüsste ich, dass es sich so verhält. Bei mir ist es ebenso, könnte ich antworten, aber das will ich ihm nicht erzählen.

„Ich möchte Sie nicht belästigen, nein, nein", flüstert er wie vorhin. „Wenn es so ist, dann lassen Sie es mich wissen, oder gehen Sie einfach weg…"

Er ist ein gepflegter Mensch, seine Hände, das ist zu sehen, kennen keine schwere Arbeit. An der Rechten trägt er einen Ehering, seine linke Hand ziert ein ziselierter Ring mit einem Rubin, der selbst unter dem spärlichen Licht der Basilika aufglüht. Die Hände des Mannes sind auffallend weiß und sehen weich aus, und sie klammern sich an der Ablage der Bank fest. Den Kopf seitlich geneigt, sieht er mich von unten herauf an.

„Sie sind auch fremd hier?"

„Ja."

„Ich bin auf der Durchreise, aber in diese Kirche musste ich heute gehen…"

„Ja, für mich ist sie in ihrer Bauweise rein und klar…"

„Nicht wahr!", unterbricht er mich. „Mich hat sie nicht mehr losgelassen…" Er legt seine Stirn auf die Hände. Etwas lauter murmelt er gegen den Boden: „Diese Kirche ist es, von der ich nicht losgekommen bin… Da ist aber noch etwas anderes, und das ist ärger…"

Er setzt sich mit einem Male auf, kommt, mich offen anblickend, noch näher an mich heran.

„Mit dieser Kirche ist für mich ein sonderbares Erlebnis verbunden. – Einundzwanzig Jahre ist es her, ich war Student und habe während der Semesterferien meine Großmutter in Schongau besucht. Bei einem Dorffest hier in Altenstadt habe ich ein Mädel kennengelernt. Sie war in diesem Ort zu Hause, nicht weit von dieser Basilika wohnte sie. Wie hübsch sie war! So lieb, so unkompliziert und offen. Ein Mädel, wie man es sich zur Frau wünschen kann. Ich mochte sie, ihre Schönheit zog mich an, das blonde, sich ringelnde Haar, ihre frische Farbe, ihr Lachen… Aber mehr noch zog mich ihr Wesen, ihre Aufrichtigkeit an. Wohin ich ging – ich ging mit ihr. Wir saßen am Sonntag sogar bei meiner Großmutter auf dem Sofa, tranken Kaffee und aßen Kuchen, tauschten tiefe Blicke und hielten unterm Tisch unsere Hände. Die Großmutter hatte Gefallen daran, und das machte mich blind und noch übermütiger.

Für mich war es ein harmloser Urlaubsspaß, ein angenehmes und kurzweiliges Vergnügen, das sie ebenso zu genießen schien wie ich. Wir vertändelten einen Tag nach dem anderen und freuten uns am Abend auf den nächsten."

Er schüttelt seinen Kopf und legt ihn wieder auf die Hände, die immer noch das Holz der vorderen Bank umklammern, und als er das Folgende spricht, lacht er auf:

„Ich merkte nicht, was sie wirklich empfand, dass sie mehr für mich aufbrachte als die Sympathie und Leichtigkeit, die man für ein unbedeutendes Urlaubsabenteuer aufbringt: In ihr brannte eine tiefe Liebe zu mir. Die Hoffnung, dass durch mich ihr schweres und bescheidenes Leben ein Ende fände, dass ich sie später holen und in eine große Stadt mitnehmen würde…" Er schweigt lange, sodass ich denke, seine Erzählung wäre damit zu Ende; und ich sitze ratlos daneben und weiß ihm nichts zu antworten. Durch ihn geht ein Ruck, er setzt sich kerzengerade und lächelt mich wie um Verständnis, wie um Entschuldigung bittend an.

„Am Vorabend meiner Heimreise trafen wir uns hier vor dieser Kirche. Sie hatte darum gebeten. Diesmal nahm sie nicht meine Hand, sie hakte sich bei mir unter und führte mich ins Innere der Kirche. Da drüben, in der Nähe des Taufsteins saßen wir, sie faltete ihre Hände über der meinen und sagte, dass es für sie durch mich anders würde, deshalb sei sie hergekommen, um das vor dem großen Gott da oben auszusprechen..."

Wieder macht der Mann eine Pause, und als er weiter spricht, blickt er zu der übergroßen Christusfigur auf dem Lettnerbalken auf. So ähnlich mag das hübsche, das frische Mädchen damals zum königlichen Gekreuzigten aufgesehen haben.

„Ich vermute, es ist anders gekommen. Der Traum des Mädchens, er hat sich nicht erfüllt?", frage ich ihn.

Er schüttelt den von seinem nicht zu bändigenden Haar umstandenen Kopf.

„Für mich war es nichts als ein heiterer, unschuldsvoller Urlaub in einer herrlichen Sommerzeit. Nicht einmal ein aufrichtiges Gespräch ist zwischen uns geführt worden! Konnte ich diese Episode ernst nehmen? – In den letzten Jahren habe ich an dieses Mädchen gelegentlich denken müssen, und heute bin ich ihr begegnet... Was da vor mir stand, war ein verwirrtes, befangenes Menschenkind, ausgetrocknet und abgearbeitet von der Feld- und Hofarbeit. Nicht nur die Jahre, auch Sonne, Regen und Wind haben sie geschliffen. Ihr Haar, ihr Gesicht, ihre Hände... Keine Spur mehr von damals. Ich habe nichts an ihr erkennen können!"

Hinter uns geht die Tür, aber es ist niemand hereingekommen, vielleicht war es ein Feriengast, der sich von der Kargheit und Klarheit der Kirche nicht einladen ließ.

„Sie ist unverheiratet geblieben, weil sie auf mich gewartet hat. Dem großen Gott da oben hätte sie geschworen, mir treu zu bleiben, auch wenn es Jahre dauern sollte. Darüber ist ihr Leben hingegangen.

Dass ich unbekümmert gewesen bin, das wird ab heute wie eine Last auf mir liegen. Sehen Sie, und deshalb bin ich hierher gekommen. Auch den da oben wollte ich noch einmal in seiner Erhabenheit sehen, vor dem ein Mensch solche Gelübde ablegt. Ich habe gesehen, was ich nicht sehen wollte, ich habe gehört, was ich nicht hören wollte – ich muss nun zusehen, wie ich damit zurande komme."

Es ist eng zwischen den Bänken, er versucht seine Beine zu strecken, es gelingt ihm nicht. So steht er auf und dehnt sich, und dabei sieht er auf die Uhr.

„Es ist spät geworden. Nach Hamburg schaffe ich es nicht mehr. Im Norden soll es regnen, da ist das Fahren für mich ermüdend, nervenaufreibend", meint er. „Ich habe Ihnen etwas erzählt, was Sie vielleicht gar nicht hören wollten. Ich danke Ihnen, dass sie mir zugehört haben. Mir ist jetzt, als wäre die ganze Angelegenheit grob gefiltert worden, sie liegt mir nicht mehr so schwer wie ein Alp auf der Seele. Vorhin habe ich geglaubt, darunter ersticken zu müssen. Durch Ihr Zuhören habe ich Luft bekommen…"

Er schüttelt meine Hand. „Danke, und leben Sie wohl."

Beinahe überstürzt verlässt er die Bank, und gleich darauf höre ich das schwere Portal ins Schloss fallen.

Und die Ranke häkelt am Strauche
Senden

Frau Zwickauer bereitet sich auf jede Unterrichtsstunde, die sie an ihrer Realschule zu halten hat, sehr gründlich vor. Für die Leitung des Schulchores hat sie etliche Monate Gesangsunterricht genommen. Sie habe nicht nur einzuüben und zu dirigieren, hatte sie gesagt – es gehe dabei auch um das richtige Singen, deshalb nehme sie es auf sich, zu erfahren, was mit der Stimme möglich sei. Und erst als die Gesangspädagogin mit ihr zufrieden war, hat Frau Zwickauer die Leitung des Chores übernommen. Es gibt Kollegen, die behaupten, dass Leichtigkeit nicht ihre Sache sei. Sie müsse es sich bei allem unnötig schwer machen, ja, sie selbst würde sich auf den Füßen stehen und es in keiner Unterrichtsstunde zu einem zügigen Fluss kommen lassen.

Frau Zwickauer weiß, was ihr nachgesagt wird, es ist ihr egal und berührt sie nicht. Ihr geht es um Sachkenntnis, um Glaubwürdigkeit, so sagt sie, denn unterrichten zu können, das verlange vom Lehrer ein hohes Maß an Zuverlässigkeit.

In der nächsten Woche, nach dem Allerheiligenfest, das hat sie angekündigt, wird sie mit der sechsten Klasse das Hülshoffsche Gedicht „Der Knabe im Moor" besprechen. Dabei will sie sich nicht nur auf das verlassen, was sie übers Moor zu wissen glaubt. Sie muss es sehen!

Heute Nachmittag wird sie ins Venner Moor gehen. Obwohl sie schon drei Jahre in der Nähe des Moores wohnt, gesehen hat sie es noch nicht, es gab verschiedene Gründe, die das nicht zugelassen haben.

Einen Moment war Frau Zwickauer versucht, jemanden vom Kollegium in ihre Absicht einzuweihen, ihn vielleicht sogar um Begleitung zu bitten, dann hat sie es gelassen.

Sorgfältig hat sie in ihrer klitzekleinen Schrift die sechs Strophen des Moorgedichts zu Hause abgeschrieben, hat zusätzlich Papier und Schreibzeug eingesteckt und sich auf den Weg in die Venne gemacht, wie die Leute hier das Moor nennen.

Am Vormittag schien noch die Sonne, jetzt ist es trüb, schwarze Wolken sind von Südwesten aufgezogen, sie wird mit Regenschauern rechnen müssen. Es ist spät geworden, als sie mit Schirm und Regenmantel ausgerüstet ihr Fahrrad besteigt.

Beim Moor muss sie durch einen Kiefernwald. Hier ist der Boden noch fest und gut zu begehen, danach kommt eine sandige Strecke, da ist sogar das Schieben des Fahrrads beschwerlich, mit ihm zu fahren, das wird überhaupt nicht möglich sein.

Zwischen vergilbendem Gesträuch und vielen Birken sieht sie Wasser blinken, hohes Gras steht darüber. Und überall ragt totes Holz auf, oder liegt quer übereinander auf dem Boden.

Dazu die Stille! Eine Stille, die ihr Angst einjagen könnte. Ihr ist geraten worden, bis an die schwarzen Moorwasser zu gehen, da könnte sie über Stege und auf schmalen Wegen das ganze Revier durchwandern. Aber hier, denkt Frau Zwickauer, ist genau das, was im Gedicht beschrieben ist. Täuschung und Irreführung und Gefahr für jedes Leben, findet sie. Einmal wippt sie etwas – der Boden unter ihr gibt nach, es ist, als hüpfe sie auf einem Wasserbett.

Sie lauscht, sie blickt zurück und späht in die Büsche zu beiden Seiten – Frau Zwickauer hat das Gefühl, außer dem schwarzen Vogel, der rechts auf einem der vielen toten Bäume sitzt, das einzige Lebewesen im Moor zu sein.

Die Handtasche hat sie vom Gepäckträger genommen und mehrmals mit den Henkeln um den Lenker geschlungen. Das ist sicherer, sagt sie sich. Ja, sie hätte auch etwas zu ihrer Verteidigung mitnehmen sollen!

Langsam schiebt sie ihr Fahrrad durch den Sand. Weit vor ihr scheint der Weg scharf nach links abzubiegen und in ein Gebüsch zu führen. Sie ist stehen geblieben. Das Moorgedicht, das sie doch auswendig aufsagen kann, hat sie aus der Tasche geholt; hier zwischen den toten Wassern unter dem hohen Gras, den Birken und dem Geäst dazwischen, will sie die Zeilen lesen oder hören. Hat die Dichterin das im Auge gehabt, als sie jene Ballade schrieb, die so schaurig ist und die sie in der nächsten Woche mit den Schülern erarbeiten will?

Nicht weit weg schreit ein Vogel im Gestrüpp, sie kann nicht ausmachen, welcher Vogel das ist und woher sein Schreien kommt. Sie hält das für einen

Warnruf. Vor wem warnt er? Aufmerksam um sich blickend legt Frau Zwickauer das Moorgedicht wieder in die Tasche zurück. Könnte sie doch jemanden in der Nähe sehen! Und wenn es nur ein Kind, ein Tier wäre.

Hier ist der Boden noch nachgiebiger als vorne am Beginn des Moores. Jeder Schritt lässt sie das Unstete dieses Wegs spüren. Sie geht sehr vorsichtig, wagt nicht, fest aufzutreten, schon gar nicht, einmal zu prüfen, wie stark der Boden tatsächlich nachgibt. Wo der Weg nach links abbiegt, liegt rechter Hand ein größeres Wasser, glatt und schwarz und gespickt mit viel abgestorbenem Holz. Hier gabelt sich ihr Weg. Zur rechten Seite führt er zwischen zwei Moorteichen, die von Birken umstanden sind, auf ein dunkles, noch dichteres Wäldchen zu. Geht sie zur Linken weiter, dann muss sie über einen Knüppeldamm, der ein wenig ins Wasser eingesunken ist. Werden die Knüppel halten und sie tragen, wenn sie diesen Weg einschlägt?

Es hat zu regnen angefangen, sie muss den Regenmantel überziehen, den mohnroten, leuchtenden Regenmantel, der nicht zu übersehen ist, nicht einmal hier im dichten Gestrüpp des Moores. Mit der einen Hand führt sie das Fahrrad, in der anderen hält sie den Schirm, auch er in der Farbe ihres Regenmantels.

Frau Zwickauer entschließt sich für den rechten Weg, der in das dichte Wäldchen führt. Das Wasser zu beiden Seiten ist tot, keine Bewegung, keine Blasen, wie Fische sie machen, nur ein verlorenes

Blesshühnchen flüchtet vor ihr vom Ufer weg und bringt ein wenig Bewegung auf die Fläche. Als sie etwa in der Mitte der beiden Moorteiche angekommen ist, lehnt sie das Fahrrad gegen die Hüfte, um eine Hand frei zu haben, dann holt sie das Gedicht aus der Tasche. Murmelnd liest sie den Anfang, faltet sodann das Papier zusammen und spricht Zeile für Zeile halblaut vor sich hin:

>...Unter jedem Tritte ein Quellchen springt,
>Wenn aus der Spalte es zischt und singt,
>O schaurig ist's übers Moor zu gehn,
>Wenn das Röhricht knistert im Hauche!
>
>Fest hält die Fibel das zitternde Kind
>Und rennt, als ob man es jage;
>Hohl über die Fläche sauset der Wind –
>Was raschelt drüben am Hage?...

Vor ihr, wo die Sträucher weit ins Wasser hängen, klatscht etwas schreiend auf die Fläche, dass es spritzt und prasselt und Frau Zwickauer vor Schreck beinahe umgefallen wäre – ein paar Enten, die sich unter den Zweigen versteckt hielten, flüchten im Tiefflug ans jenseitige Ufer. Für einen Augenblick schließt sie wie vom Blitz getroffen die Augen, und als sie weitergehen will, fliegt vom anderen Ufer, wohin die Enten geflüchtet sind, ein Stück Baumstamm, armdick und schwarz, ins Wasser, dass es aufspritzt und Enten und Vögel kreischend aus ihren Verstecken scheucht. Wer das

Holz ins Wasser geworfen hat, das kann Frau Zwickauer nicht sehen, das Ufer ist auf seiner ganzen Länge von Röhricht, von kreuz und quer stehenden Birken und allerlei Gestrüpp umstanden. Und plötzlich ruft eine Stimme übers Wasser, und es klingt, als käme sie durch ein Megaphon aus der Luft: „Weiche, Menschlein, weiche – hier endest du als Leiche!" Und gleich darauf fliegt wieder ein größerer Gegenstand in den schwarzen, toten Teich...

Frau Zwickauer möchte aufschreien, etwas antworten, aber die Angst hat ihr den Hals zugeschnürt. Mit beiden Händen muss sie sich an ihrem Fahrrad festhalten. Drüben auf der anderen Seite des Moorteiches versteckt sich jemand, der sich vorgenommen hat, den Leuten, die an diesem trüben Oktobertag durch die Venne gehen, einen gehörigen Schrecken einzujagen. Ihr roter Schirm, ihr roter Mantel – die haben seine Aufmerksamkeit auf sie gelenkt und sie zu seinem Opfer werden lassen! Trotz des Regens reißt sie sich den Mantel vom Leibe, klappt den Schirm zusammen und jagt, so schnell es ihr auf dem holperigen und glitschigen Moorboden möglich ist, dahin, wo sie die Straße vermutet und wo sie sicher sein kann.

Sie ist sehr schnell und atemlos aus dem Moor herausgekommen, hat die Straße erreicht und sich daneben einfach ins nasse Gras fallen lassen. Kreidebleich, nass vom Regen und den Tränen, dazu halb wahnsinnig vor Angst, hat sie erst einmal

Kräfte sammeln müssen, bevor sie sich auf den Heimweg macht.

Am nächsten Tag fand Frau Zwickauer im Klassenbuch einen abgerissenen Zettel, auf dem steif und in Großbuchstaben stand:

UND DIE RANKE HÄKELT AM STRAUCHE

Den „Knaben im Moor" hat Frau Zwickauer nicht besprochen. Von diesem Tag an hat sie das Hülshoffsche Moorgedicht jedes Mal, wenn sie in ihrem Gedichtband darauf stieß, überblättert. Auch für sich aufgesagt hat sie es nie wieder.

Großvaters Haustier
Bei Gumbinnen

Diese letzte Karte ist keine Ansichtskarte – es ist eine Fotografie, die vor nahezu einhundert Jahren im östlichsten Ostpreußen gemacht wurde. Sie zeigt einen stolzen, einen dünn lächelnden Enddreißiger in eleganter Kleidung mit Kneifer und Oberlippenbart. Das Haar liegt glatt an seinem Kopf, der von einem hohen steifen Kragen gestützt wird, um den er sehr penibel gebunden die Krawatte trägt. Modische Schuhe, einen Stock mit Silberknauf in der linken Hand, während die Rechte, und das ist das Sensationelle, das Aufregende auf diesem Foto, am Halsband eine ausgewachsene Löwin hält, die wie ein gehorsamer Hund neben ihm sitzt und wie er in die Kamera guckt.

Hinter dem eleganten Herrn mit der zahmen Löwin ist weites, schier endloses Land zu sehen, über das sich wie zum Schutz Haufenwolken türmen. In der Ferne leuchtet ein Herrenhaus aus dem Schatten mächtiger Bäume heraus, und vom Horizont bis an die linke untere Seite des Bildes, immer größer werdend, scheint eine von Bäumen bestandene Straße zu verlaufen, die wie eine diagonale Linie aus der Fotografie herausläuft. Durch Mann und Löwin, die im Vordergrund stehen, wird leicht der winzige Teil eines Städtchens ganz rechts am Rand der Fotografie übersehen: Kirchturm und hingeduckte Hausdächer eines Örtchens bei Gumbinnen.

Nun, eine bloße Fotografie ist das wiederum auch nicht, denn auf der Rückseite des Fotos teilt der elegante Mann seinen Eltern mit, dass er sich zum Spaß einen geschenkten Löwen halte. Dieses Tier, das wie ein abgerichtetes Hündchen neben ihm sitze, hätte er mit der Flasche aufgezogen und erzogen. Es wäre harmlos und folge ihm ohne Schwierigkeiten überall hin. Das einzig Unangenehme, das wäre sein Geruch. In der Wohnung könne das Tier nicht bleiben. Näheres würde er in einem Brief mitteilen, steht an den Rand geschrieben.

Dieser Mensch hier, das sei er vor seinem Anwesen, hat mein Großvater mir erzählt. Und wenn er mir die Fotografie zeigte, dann klopfte der Finger mit dem großen Ring und dem auffallenden Stein auf den eleganten jungen Mann, der die Löwin am Halsband hielt. Damals habe er dieses große Haus mit sehr viel Land und einem parkähnlichen Garten besessen, und da hätte es ausreichend Platz für seine Löwin „Sita" gegeben, das wäre ihr Name gewesen. Ein Freund, ein reicher Industrieller, hätte ihm die junge Löwin zur Hochzeit geschenkt. Dieses Foto wäre von jenem Freund am ersten Jahrestag seiner Hochzeit gemacht worden, fügte er jedes Mal hinzu. Seine Frau, meine Großmutter, hätte keine Angst gezeigt und das kleine Tier sofort in ihr Herz geschlossen; und sie war es auch, die, als der Löwe erwachsen war, den Beifahrersitz aus dem Automobil entfernen ließ, sodass Sita überallhin mitgenommen werden konnte, wo man sie dabeihaben wollte.

Oft wäre es vorgekommen, und darüber musste mein Großvater noch nach den vielen Jahren lachen, dass die Leute zusammenliefen oder die Flucht ergriffen hätten, wenn er mit dem Löwen durch die Straßen gefahren wäre. Und wurde er einmal von einem Gendarmen angehalten, dann bat der ihn inständig, so schnell wie möglich weiterzufahren und den Löwen nicht aussteigen zu lassen.

Die Löwenzeit, das wäre die beste Zeit seines Lebens gewesen, erzählte er gerne. Damals war er reich, er lebte glücklich mit meiner Großmutter und ließ es sich in jeder Hinsicht auf seinem fürstlichen Anwesen gut gehen, bis der Kaiser einen Krieg anzettelte, der später der Erste Weltkrieg genannt wurde. Mit ihm wäre seine ganze ostpreußische Herrlichkeit und vieles andere mehr im ganzen Land zugrunde gegangen, fügte er, immer noch traurig darüber, hinzu.

Sita war in einem weitläufigen Gehege, gesichert mit fingerdickem Gitter, am Ende des Gartens untergebracht. Es soll weniger der Löwe gewesen sein, der scharf, der aufdringlich roch – nein, der widerliche Gestank kam von seinem Futter, das ihm reichlich zugeworfen wurde, um ihn sanft und harmlos zu halten, und dass er nicht auffressen konnte. Das Fleisch lag da, in der warmen Jahreszeit von Fliegenschwärmen zugedeckt, bis Sitas Pfleger, der wie mein Großvater unbesorgt das Gehege betreten durfte, es entfernte. Es kam auch vor, dass der Löwe ins Haus gebracht wurde, da soll er sich wie eine liebebedürftige Katze auf dem Boden gelegt haben, um gekrault zu werden.

Waren Gäste im Haus, die meine Großmutter wieder loswerden wollte, dann führte mein Großvater Sita am Halsband herein und zeigte, wer mit ihm auf seinem Anwesen wohnte; und Hals über Kopf verschwanden die Gäste.

Ungefährlich wäre die Löwin gewesen, das sagte er immer. Aber man musste auf der Hut sein, wenn man mit ihr spielte. Mit ihren Tatzen, mit ihren Krallen – damit ging Sita nicht wie eine Katze, sondern, wie konnte es anders sein, wie ein Löwe um. Nach dem Spielen hatte mein Großvater stets mit zerrissener oder zerfetzter Kleidung dagestanden, und niemals wäre er ohne Kratzer und blutige Schrammen davongekommen. Sita wäre üblicherweise phlegmatisch gewesen, geradezu faul und träge hätte man sie nennen können, aber nie beim Spielen! Da hätte sie Temperament, hätte sie Wildheit gezeigt!

In der Nähe des großväterlichen Anwesens hat an einem warmen Spätherbsttag eine militärische Übung stattgefunden. Ja, daran erinnerte er sich noch ganz genau. Es wurde geschossen und geböllert, wie er es nannte, und von oben, aus dem Dachfenster seiner Villa, konnte er mit Hilfe eines Fernglases Soldaten laufen sehen, die sich dafür trainierten, Kaiser und Reich zu schützen.

Um sein Haus herum entstand Unruhe. Die Hunde konnten nicht aufhören zu bellen, die Katzen flüchteten in den Keller, und Sita, hinten im äußersten Winkel des Anwesens und weitab von den Menschen, durch die sie Sicherheit erfuhr, Sita lief unausgesetzt Kreise ganz dicht am Gitter.

Der Großvater ist sich sicher: Es kann niemand anderes als der Pfleger gewesen sein, der ihr Gehege nicht ordnungsgemäß verschlossen hatte. Am Nachmittag, die Großmutter saß auf der Terrasse und legte Patiencen, der Großvater war bei den Pferden, weil er ausreiten und beim Militär nachsehen wollte, stürzte Sitas Pfleger auf die Terrasse mit dem Schrei, dass die Löwin ausgebrochen wäre. Das Personal, bis auf die Haus- und Küchenmädchen, die in Panik gerieten, beteiligte sich an der Suche. Mein Großvater entwarf einen Plan und hieß die Leute, mit Leinen und Hosengürteln als Halsband ausgerüstet, nach der Löwin ausschwärmen.

Und Sita?

Die hatte sich ungesehen in den Wald schleichen können. Diesen Wald kannte sie nicht, sie kannte Wälder hauptsächlich vom Auto aus, und wenn sie einmal in einen mitgenommen wurde, dann war zu ihrer Beruhigung und zur allgemeinen Sicherheit der Großvater an ihrer Seite und hielt sie am Halsband fest, und das beruhigte sie.

Jetzt war sie ohne Großvater, ohne den Pfleger in den Wald gelaufen. Die Gerüche kannte Sita nicht, die beunruhigen sie. Noch mehr die Geräusche, die ununterbrochene Böllerei – das bedeutete nichts Gutes. Sita hat Angst bekommen, sie ist ohne menschliche Nähe in dieser fremden, unbekannten Welt.

Im Gebüsch bewegen sich Menschen, nicht der Großvater und nicht der Pfleger, das riecht sie, aber es sind Menschen, die ihr Sicherheit, die ihr Schutz geben.

Dahin will Sita, die Löwin!

Nein, sie ist nicht geduckt, mit dem Bauch auf dem Boden und zuckendem Schwanz, zu ihnen geschlichen. Wie ein großer Hund, etwa wie eine Dogge, soll sie auf die schleichenden und auf Tarnung bedachten Soldaten zugesprungen sein, um den Kopf an ihrem Leib zu reiben und sich kraulen zu lassen, froh darüber, sich bei ihnen geborgen und beschützt zu wissen.

Ach, Sita, du arme, du beklagenswerte Löwin!

Wenn der Großvater sich auch über so viel Zuneigung von ihr gefreut hat – die Soldaten gerieten in Panik. Sie schrien und rannten um ihr Leben; und sicherlich hat mancher von ihnen hinterher ebenso scharf gerochen, wie es im Gehege von Sita roch.

Die Löwin wollte die Soldaten nicht verlieren, auch sie rannte um ihr Leben, bis ein Schuss fiel, ganz in der Nähe, und Sita einen Schlag in der Seite verspürte.

Sie brauchten nicht lange zu forschen und zu fragen, woher der Löwe gekommen sei. Außer meinem Großvater gab es niemanden, der einen Löwen auf seinem Anwesen hielt. Der Großvater ließ anspannen und fuhr die erschossene Löwin Sita nach Hause. Und hinten im Park, in der Nähe ihres Geheges, hob der Pfleger eine Grube aus, die mit allerlei Grünzeug ausgekleidet wurde, um es dem Tier in seiner letzten Bleibe so angenehm zu machen, wie es nur möglich war: Ein Grab für Sita, die Löwin meines Großvaters, die zusammen auf dem Foto abgelichtet sind.

Biographische Angaben zum Autor

Wilhelm Thöring, 1937 In Bottrop geboren, hat nach abgeschlossener Lehre als Maschinenschlosser die Hochschulreife erworben und als evangelischer Pastor zehn Jahre in zwei Berliner Stadtgemeinden und zuletzt über 20 Jahre in einer Dorfgemeinde im Kreis Warendorf gearbeitet. Die Schriftstellerei war ihm von Anfang an ein willkommener Ausgleich zu seinem Beruf, der ihm tiefe Einblicke in menschliche Charaktere und Lebensprobleme eröffnet hat.

Bisher erschienen:

Abschiede (Erzählungen) ISBN: 978-3-86582-010-5
Saat ohne Ernte (Roman) ISBN: 978-3-937312-10-1
Zwischen Gewittern (Roman) ISBN: 978-3-86582-077-8
Erdrückendes Erbe (Roman) ISBN: 978-3-86582-276-5
Die Bärin (Roman) ISBN: 978-3-86991-220-2

Weitere Informationen über Bücher aus dem Machtwortverlag erhalten Sie im Internet unter:
http://www.machtwortverlag.de
Bei Interesse fragen Sie Ihren Buchhändler!

Autoren gesucht!

Lieber Leser!
Hat Ihnen das vorliegende Buch gefallen? Haben Sie vielleicht selbst schon einmal daran gedacht, ein Buch zu veröffentlichen? Dann können wir Ihnen vielleicht helfen. Der Machtwortverlag aus Dessau sucht ständig gute Manuskripte aus allen Gebieten der Literatur zur Veröffentlichung. Schicken Sie uns einfach Ihr Manuskript zu, wir setzen uns danach direkt mit Ihnen in Verbindung.

Machtwortverlag
Orangeriestr. 31
06847 Dessau
Tel./Fax: 0340-511558
e-mail: machtwort@web.de